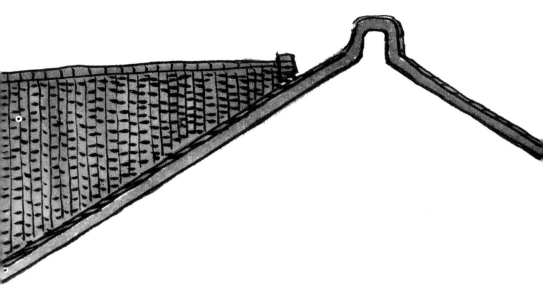

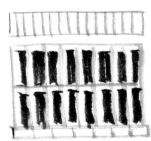

심말수 에세이

어느 늙은 수형자의 인생

청어

작
가
의
말

성장해가는 과정에서 집안 사정으로 학교를 다니지 못하고 유소
년 시절에 주경야독하여, 만 18세에 국가공무원이 되고, 배우자를
만나서 자녀 양육하고, 내 집 마련해서 살면서 퇴직 후 노후준비
를 하는 평범한 가정을 지양하는 가운데, 큰딸의 성장 시기에 병
고로 시달리는 아픔과 퇴직 후 사업실패로 인한 어려움을 겪다가,
60대에 사고가 발생하여 징역살이하면서 독학으로 대학을 진학하
고, 참회와 반성으로 가족에게 돌아갈 희망을 가지고 수형하는 어
느 늙은 수형자의 인생을 쓴 글이다.

차
례

제1화. 나의 어린 시절

나의 어린 시절은 모든 것이 풍족한 시기였으며 부모님의 따뜻한 보살핌과 미래가 보장되었다.

나는 세상을 살아가는 보편적인 것으로 태어나서 부모님의 보호 아래 유아기 유소년 청소년을 거치는 동안 초·중·고·대학을 공부하고 직장을 가지며 배우자를 만나서 내 집 마련하여 자식 놓고 양육해가는 과정으로 자녀의 학업과 진로를 지원하는 후에는 자신의 노후를 준비하는 부모 자식 간의 순환이 인생의 순리로 이어져 오고 있다.

나는 경남, 진주, 문산에서 태어나서 4남 2녀의 막내로 태어났다. 할아버지 때부터 시장에서 장사를 하여 아버지는 시골 닷새장에 3개의 점포를 두고 가마솥, 탈곡기, 농기구와 생활용품을 판매하는 만물상을 하였다.

내가 어릴 때 기억으로 인근 장에 상품을 운반하는 말을 키우며 장차는 우리 집 앞에 주차하여 이른 새벽에 아버지의 주선으로 출발과 그날

시장에서 장사를 마친 상인들을 챙겨서 돌아오는 일들이 우리 집 일상생활에 주된 일이였으며 때로는 논과 밭농사로 말 먹이를 생산 저장하는 날도 있었다.

부모님과 형님들이 시장경영에 함께하는 우리 집은 항상 재물이 풍족하여 친척과 이웃들에게 나눔의 기쁨을 함께하였다.

내가 국민학교를 입학하고 아버지는 조상님을 모시는 제사와 닷새장을 운영하는 관계로 큰 집이 필요하여 200m 정도 떨어진 아랫동네로 이사를 하였다.

새로 이사 간 집은 부산에서 미창초자 회사를 운영하던 김신노미라는 사람이 살던 집으로 집터도 넓고 아래채도 크며 사랑방이 딸린 기와집이었다.

며칠 동안 집수리를 하고 이사한 집에서 생활하는 우리 가족은 이웃들과 함께 행복한 날들이 이어갔다.

우리 집에는 전국의 보부상들이 마을에서 장사를 하고 저녁에 먹고 잠자는 임시 거처로 매일같이 사람들이 붐볐으며 부모님은 이들의 고단함을 달랠 수 있는 안식처를 내어주셨다.

충남 금산에 인삼장수, 전남 완도의 미역장수, 남원의 제기장수, 담양의 죽세공예품장수, 지리산 줄기 구례, 함양, 산청의 싸리, 짚, 목기 등으로 만든 생필품장수, 벌꿀, 참옷장수 등 다양한 품목의 장사꾼들이 묵어갔다.

우리 가게에서 판매하는 상품으로 경쟁자들인데 떠돌이 상인에게 호의를 베푸는 부모님의 마음을 그 당시로서는 이해하기 어려운 일이나 자식 된 입장에서 노인이 된 나도 지금까지 다 알지 못한다.

내가 살던 고향은 시골이라지만 국민학교 교가에 이천 명 학도라는 우렁찬 소리를 내는 마을로 지금은 읍 소재지가 되어 그 당시로서는 우리나라에 일면일촌으로 제일 큰 곳이었다. 인근 면에서 도시로 가려면 이곳을 거쳐야 되는 시골마을에 기차역이 두 개가 있고 영화관이 있던 면 소재지였다.

이런 지역에서 부족함 없이 살던 나의 어린 시절은 참으로 행복했다.

먹을 것이 귀하던 시절에 가까이 있는 작은아버지 집은 누에고치에서 실을 뽑아 비단, 공단을 만드는 공장을 하여 언제나 번데기가 넘쳤고 또 다른 작은아버지는 떡 공장을 하여 떡과 국수 자투리를 마음대로 먹을 수 있어서 어린 날에 나의 친구들은 내 주변을 떠나지 않았기에 언제나 베풀고 나누는 것이 자연스러웠다.

지금도 잊히지 않는 그 시절 우리 집은 항상 사람들이 붐볐고 나의 고모는 면민 방구대장이라는 별명을 가지고 동네의 각종 행사, 중매, 품앗이 등에서 고모를 거치지 않으면 성사되지 않을 정도였다.

그런 날이 자연스러웠던 나에게 아버지가 아파 눕는 날이 왔다. 열 살의 나이로는 아버지의 아픔을 몰랐고 나의 미래에 대한 아픔도 느끼지 못한 채 내가 국민학교 4학년 때 아버지는 세상을 떠났다.

장례식이 있던 날에 나는 자전거 위에 올라 페달을 밟다가 자전거가 넘어져 팔이 빠지는 사고가 발생하여 긴급히 작은누나가 나를 데리고 진주에 있는 접골원으로 가서 처치를 하고 장례가 끝난 뒤 한 달 동안 치료하였지만 완전한 회복이 되지 않아서 윗동네 옥철 할아버지를 찾아가서 치료받고 완치하였다.

철없는 나이에 아버지를 여의고 큰형님은 분가하여 형수님 조카들과 살고 있었고 어머니와 작은형님 두 분 작은누나와 나 다섯 식구가 같이 살면서 어머니가 닷새장을 돌아가며 장사를 운영하였으나 아버지가 없는 장사는 많은 어려움을 겪게 되었으며 근심으로 지내시던 어머니는 작은누나를 중매로 시집보내고 가게를 이끌어가던 중 부산대학병원에서 위장수술을 하게 되었다.

기세등등한 고모가 어머니를 위로하고 아버지, 어머니가 없는 시장 경영은 큰형님과 둘째형님이 운영하고 어머니는 두 번째 위장수술을 하였다. 그때가 우리 집의 위기였으며 나는 어쩔 줄을 몰라 어머니의 눈물을 보고 많이 슬퍼했다.

그 후 형님 두 분이 오일장을 경영하는 데에는 어려움이 있었고 진주의 도매상, 대구의 가마솥 공장, 담양의 죽세공 거래처 등과의 원활한 거래가 이루어지지 못하였으며 두 차례의 수술을 받은 어머니가 몸을 추슬러 장사에 지원하였으나 어려움을 극복하기에는 부족하였다.

그러는 동안 가세는 기울어지고 점포 3개 중 우리가 살고 있는 면 소재지의 점포는 어머니가 하고 인근 면에 있던 점포 두 개는 큰형 한 개 둘째 형님 한 개로 나누었다.

기울어져가는 우리 집에는 무당이 여러 차례로 와서 굿을 하고 구례 화엄사에서 스님 한 분과 보살님이 와서 아버지의 무덤에 사리부처가 있어 무덤을 이장하고 사리를 봉안하는 것이 좋다는 말을 하여 고육지책으로 기울어가는 집안을 회복하고 어머니의 건강이 회복되기를 바라는 마음에서 아버지의 무덤을 이장하는 과정에서 사리를 발췌하여 우리 집 아래채 사랑방에 모시게 되었다.

이러한 사실이 진주, 진양, 사천 일대에 소문이 퍼져 아버지의 사리를 보기 위해 많은 사람들이 우리 집을 찾아왔으며 일정기간이 지나서 아버지의 사리는 인근에 있던 적광사로 모시게 되었다.

후일 성장한 자식으로서는 할아버지 때부터 많은 사람들에게 베풀어 주신 아버지의 넋을 기리기 위한 화엄사 스님의 깊은 사료라 생각하고 마음에 위안을 삼고 있다.

이러한 가운데 가사사정은 더욱 어려워지고 둘째형님 앞으로 이름 지어진 점포를 팔아서 가게를 이어가고 어머니 몫인 점포는 작은형님이 운영하였다.

나의 아버지가 운명을 달리하시고 그 다음해에는 큰누나의 남편인 강태갑 매형은 군에서 장교로 근무하다가 사고로 사망하여 큰누나는 임신한 몸으로 딸 셋을 데리고 친정 마을로 이사 와서 우리 집 가까이에서 살고 있었으며 가족의 고통을 함께 겪게 되었다.

매형은 부산대학을 다녀 6·25 전쟁에 참전하고 전후 군 장교시절에 큰누나와 결혼하여 조카들의 장래가 총망하리라 기대하였던 것이 친정이 어려운 시기에 매형의 사고발생으로 누나의 건강이 매우 좋지 않은 상태에서 임신한 아이는 유산이 되어 큰 슬픔을 겪었다.

우리 가족은 이러한 고난을 헤쳐 나가는 동안 어머니의 건강회복을 위해 한약재를 달이는 탕약이 끊일 날이 없었고 나는 중학교를 입학하여 열심히 공부할 즈음 어려움이 다가왔다.

1학년 2학기부터 공납금을 내지 못하여 학교 방송시간에 내 이름이 발표되어 나는 등교할 때마다 이곳저곳의 눈치를 보게 되고 개별적으로 몇 차례 통보를 받고 집에서는 등교하여 교실에 들어가지 못하여 매일같이 학교 뒷산 망부석이 있던 곳에서 책가방을 내려놓고 아래로 보이는 교실과 운동장에 눈을 떼지 못하고 교가를 부르며 눈물을 흘렸다.

충혼탑이 있는 곳에서 교실이 있는 거리는 가까워서 나는 그곳으로 가서 교실 안에 있는 친구들을 보고 미칠 것만 같아서 다음날 용기를 내어 교실로 들어갔다.

나의 짝지 철상이는 나를 반기며 책가방을 잡고 자리로 가자고 했다. 철없던 동창들은 회비를 내었냐고 물어보며 같이 공부할 수 있느냐 하는 부담되는 위로도 하였다.

며칠 동안 수업을 받으며 동창들과 어울려서 좋았다. 그러나 선생님이 독려하는 회비납부 말을 듣고 나서는 등교를 할 수 없었다.

큰방에 누워 있는 어머니에게 사실을 말하여 나의 어머니는 눈물을 흘리며 큰형님 둘째형님에게 가서 사정을 말하라고 하셨다. 나는 형님네를 찾아 이곳저곳을 다녔으나 해결방법은 구하지 못하여 시간이 갈수록 슬픔은 더욱 커지고 어머니의 가슴은 찢어졌으리라 생각했다.

시간이 흐르고 나의 어린 마음으로 더 이상 학교를 다닐 수 없다고 생각되어 담임선생님에게 집안 사정을 말씀드렸다. 당시 1학년 2반 담임은 정대용 영어 선생님으로 자상한 분이셨다.

선생님은 학교의 방침에 따라 전달사항이지만 안타깝게 생각하여 우리 집을 방문해서 어머니의 건강상태를 보고 눈물을 흘리시며 집을 나가면서 말수야! 공부하고 싶으면 내일부터 학교로 나와라 하며 선생님이 회비를 내어주신다고 하였다. 그러나 몇 차례의 등교에서 또래 학우들이 보는 눈초리가 두려웠고 자신이 없었다.

내가 다니던 중학교 뒤에는 충혼탑이 있고 남산이라는 우거진 숲에 굴밤나무가 많았다. 매일같이 가방을 들고 이곳저곳을 다니면서 교가를 부르며 하루하루를 보냈다. 때로는 한없이 울기도 하고 미친듯이 산과 풀밭을 뛰며 소리쳤다.

어느 날 소낙비가 쏟아지는 오후에 나는 비를 맞으며 아버지의 산소가 있는 곳으로 걸어가서 무덤에 엎드려 아버지를 불렀다. 비를 맞고 지친 나는 그곳에서 잠이 들어 눈을 떴을 때는 주위가 캄캄했다.

그러나 무서움은 없고 배가 고팠으나 나는 아버지의 무덤이 포근하여 한참동안 앉아서 아버지의 모습을 떠올렸다. 시장상인들이 다 팔지 못한 생선, 채소 등을 아버지가 모두 사서 장차로 철수하여 밤늦게 돌아와서 이웃들과 나누어 먹던 나의 아버지가 보고 싶었다. 그리움은 눈물콧물로 삼키며 집으로 돌아왔다.

시간은 흘러 10월이 되어 동창생들은 춘추복으로 갈아입는 시기에 나는 어디로 가야 하나 마음이 요동치고 아픈 어머니 곁에서 울먹이며 지내는 나를 보는 어머니는 안타까운 마음으로 한숨 쉬며 울고 계셨다.

우울한 마음으로 더 이상 견디기 힘들었던 나는 친구 두 명과 함께 부산행 열차에 몸을 실었다. 부산진역에서 내린 우리는 일정한 갈 곳이 없던 것으로 보림극장에서 영화 한 편을 보고 자장면 한 그릇과 찐빵, 만두를 먹고 거리를 돌아다니는 것이 전부였고 하루는 부산진역 부근 여인숙에서 잠을 자고 돈이 떨어진 다음날에는 역 대합실에서 잠을 잤다. 어린 나이에 객지의 밤은 무척 추웠다.

3일째 되던 날 아침에 배가 고파서 시골아이 세 명은 이곳저곳으로 돌아다니던 중 부산역 옆 재향군인회관이라는 건물 옆에서 연기가 피어나오는 것을 보고 우리는 목마를 하여 담장 넘어 광경을 보는 순간 뒤에서 몽둥이가 날아왔다. 그리고 우리는 여러 명에게 붙들려 그 안으로 끌려갔다.

덩치가 큰 아저씨는 우리를 보고 큰 소리로 이 자식들 배고프지 하면서 드럼통에 끓이고 있던 짬밥을 한 양푼씩 떠주어 우리는 재빨리 받아들고 허급지급 맛있게 먹어치웠다. 그러고 나서 아저씨는 구두통과 능마통을 주면서 어느 것을 할 것인지 선택하라고 했다. 나는 못하겠다고 답하여 그날 우리 세 명은 하루 종일 많은 고통을 받았다.

다음날 우리 셋을 데리고 역전파출소로 들어가서 이름, 나이, 사는 곳을 물어보고 우리를 열차에 태워 우리가 살고 있는 집에까지 데려주었으며 어머니에게 돈을 받아갔다. 며칠 동안 걱정하신 어머니는 나를 보며 슬피 우셨다.

나는 그때 양푼이 짬밥을 먹을 때 나와 같은 또래의 아이들을 보면서 다음에 어른이 되어 성공해서 꼭 이런 사람들을 보살펴주고 공부시켜주고 싶은 마음이 생겼다.

집으로 돌아온 나는 셋째 형님도 객지로 나가게 되어 어머니와 둘이서 지내는 동안 친척들의 도움과 고향의 점포를 정리한 둘째 형님이 약간의 돈을 주어서 생계를 연명해갔고 아버지가 살아계실 때 운영했던 점포와 말 두 필은 사라지고 형제들은 각자의 생활을 찾아가며 나의 어릴 때 화사했던 우리 집 환경은 어머니와 나에 대한 안타까운 현실이 대신하였다.

1970년 겨울에 어머니는 건강이 많이 회복되어서 나를 데리고 떡 공장을 하던 작은집 숙모를 찾아갔다. 그리고 중학교도 다니지 못하고 병든 어머니 옆에 붙어 있는 막내를 걱정하여 앞으로 살아갈 방안을 의논하셨다.

두 분은 우리 집이 큰집으로 조상님들의 제사를 모셔야 하는 관계로 큰아들 식구를 집으로 들이기로 했고 나는 우체국에 급사로 일할 수 있도록 추진하였다.

그리고 얼마 되지 않는 시간에 두 가지 일이 이루어졌다. 제사를 지낸다는 명분으로 큰형님 가족은 본가로 들어오고 나는 우체국에서 일하게 되었다.

아침 일찍 출근하여 청사 내외 청소와 전보 배달이 주된 일이었고 그외 직원들이 시키는 다양한 일을 하는 것이다. 나의 한 달 월급은 1,500원으로 전보배달 특사지역(원거리) 도급경비에서 나오는 것이었다.

당시 형편으로는 내가 하는 일이 어머니와 나에게 생동감을 주었고 아침 일찍 출근하여 퇴근 시간이 일정하지 않으며 쉬는 날도 없었지만 나에게는 하루하루가 즐거웠다.

즐거운 마음으로 시작한 일은 한 달이 되어 첫 월급 1,500원을 받아 기쁜 마음과 함께 월급봉투를 어머니에게 드렸다. 나의 어머니는 내 손을 잡고 한없이 눈물을 흘리며 가슴을 쓸어내렸다. 내가 처음으로 일을 해서 받아보는 돈은 적지만 어머니의 약값으로 쓸 수 있다는 생각에 나는 가슴이 벅차게 느껴졌다.

일을 시작한 지 한 달이 지나고 두 달이 되면서 우체국 아저씨들이 주는 라면과 교환원 누나들이 주는 과일은 배고픈 시절에 나에게는 꿀맛 같은 특식이 되었고 일하는 것이 재미있고 보람된 나날의 연속이었다. 그러는 동안에 셋째 형님은 객지에서 생활하다가 군대를 가게 되고 어머니의 건강은 많이 회복되었다.

시간은 지나서 1971년 새해가 되어 큰형님은 나를 불러 앉혀놓고 일을 하여 받는 월급을 자기에게 달라고 하였다. 나는 눈앞이 캄캄하여 아무 말도 하지 못하고 어머니에게도 알리지 않았다. 그리고 매월 받은 월급을 아무 소리 없이 어머니에게 드렸다.

몇 달이 지난 어느 날 큰형님은 나에게 돈을 가져다주지 않는다고 다그치기 시작하였고 술을 먹고 오는 날이면 몽둥이로 나를 때리는 것을 본 어머니는 그러지 말라며 형님에게 돈을 내어주었다.

그리고 나서도 시간이 갈수록 큰형님의 폭력은 심해져갔고 심지어 어머니에게도 폭언과 폭력을 하였으며 형수는 나에게 밥을 주지 않았다.

배가 고픈 나에게 어머니가 밥을 챙겨주자 형님과 형수는 어머니를 나무라며 돈을 벌이면 당연히 형님에게 가져다주어야 된다며 우체국 일을 하지 못하게 하였다.

그 후로 나는 우체국에서 일을 하고 집으로 가는 것이 두려워 숙직실에서 아저씨들 사이에 잠을 자는 날이 빈번하였고 속옷이라도 갈아입고 어머니를 보기위해 틈틈이 집으로 갔다.

그러는 동안 어머니는 형님, 형수의 머슴처럼 일을 하고 있었다. 아들이 어머니와 동생에게 하는 짓을 보고 그의 아내인 형수도 따라하는 것이 당연하게 되어 어머니와 나는 하루도 편하게 지낼 날이 없었으며 고통을 견디기 어려운 어머니는 친척들을 찾아가서 호소하였으며 이웃과 친척들이 형님과 형수를 충고를 하였지만 소용이 없었다.

열다섯 살의 나이에 겨울은 춥고 매서운 시련이 끊이지 않았고 내가 하는 일은 보람이 있고 좋았지만 나는 고민하고 있었다.

그 해 사월의 따뜻한 봄이 찾아왔다. 내가 살던 동네 주변에는 나의 2회 선배 동무들이 많았다. 사실 선배라기보다는 어릴 때 동년배 같이 지낸 고추친구들이었다. 그 중에서 중학교를 졸업하고 객지에 나가서 직장을 다니던 친구들을 수소문하여 나는 오래전 고민을 해결할 방법을 선택했다. 나는 우체국 사택 뒤에서 며칠 밤을 지내며 울었다.

봄의 기운이 감도는 어느 날 저녁에 나는 어머니를 만나서 내일이면 부산으로 떠나 돈을 벌어 오겠다고 말하고 어머니 품에 안겼다. 나의 어머니는 한없이 울면서 말수야! 떠나라. 여기 있다가는 매 맞아 죽는다. 어차피 이곳에서 매 맞아 골병들 바엔 객지로 가서 밥이라도 배불리 먹는 것이 좋을 것이라며 나의 손을 꼭 잡아주었다. 나는 밤새도록 뜬 눈으로 지새며 이른 아침에 기차역으로 가서 부산행 열차에 몸을 실었다.

부산역에서 내린 나는 조방 앞 중앙시장에서 금세공을 하던 종석이 친구를 찾아갔고 저녁에는 부산역 앞 초량시장 오뎅공장에 일하던 규철이도 만났다.

나는 친구들과 의논하여 일자리를 구하는 동안 종석이와 같이 지내며 낮에는 금세공하는 종석이를 따라 금세공 보조원으로 일하고 밤에는 종석이 자취방에서 잠을 잤다. 그리고 일주일 정도 지난 어느 날 규철이가 일하던 오뎅공장 김옥배 사장님의 허락을 받아 나는 규철이와 같이 일하게 되었다.

다음날 나는 오뎅공장으로가서 사장님에게 인사를 하고 규철이와 같이 공장 2층 다락방에서 잠을 자고 공장에서 사모님이 해주는 밥을 먹고 일을 하였다.

김옥배 사장님은 고향이 경북 상주로 재혼한 사모님과 아들 종국 딸 광희의 가족으로 공장 가까이 집을 두고 하루 일과를 공장에서 많이 지내는 생활을 하였다.

사장님의 자녀는 고2 아들과 중3 딸이어서 규철이와 나의 또래로 쉽게 대화할 수 있었고 가사도우미로 일하는 주인의 먼 친척 순단이라는 여자아이는 나보다 한 살 정도 많은 나이로 눈이 큰 아이였다. 가끔씩 공장에 와서 우리들의 옷을 세탁해주고 틈이 나는 대로 장난도 치는 사이로 친근감이 있어 좋았다.

공장에서 일을 한 지 한 달이 되어 나는 월급으로 4천 원을 받고 그날 저녁 다락방 잠자리에서 만리장성 같은 설계를 하였으며 실로 기쁨을 감추지 못할 만큼 나에게는 큰돈이었다.

며칠이 지나서 사장님의 허락을 받아 어머니를 만나기 위해 벅찬 가슴으로 열차를 타고 고향에 도착했다. 나는 어머니를 만나서 부둥켜안고 좋아하며 월급 받은 돈을 어머니 손에 쥐어주었다.

나의 어머니는 눈물을 흘리며 어린 너를 고생시켜서 가슴이 아프다고 하시며 나를 보면서 밥은 배불리 먹는지 걱정하셨다. 나는 어머니에게 규철이와 같이 일해서 다행으로 맛있는 오뎅도 마음대로 먹고 잘 지내고 있다 하여 어머니가 안심된다고 말하여 나는 기분이 좋았다. 그렇게 어머니와 하룻밤을 지내면서 날이 새도록 이야기를 나누었다.

다음날 어머니 곁을 떠나 부산으로 돌아와 규철이 하고 같이 일을 했다. 오뎅공장 일은 새벽 3시부터 준비하여 주인아저씨가 부산 자갈치 시장에서 생선을 사오면 어묵재료를 다듬고 손질하여 06시경에 아침을 먹고 오뎅을 만든다. 규철이 친구는 다양한 모양의 오뎅을 만드는 기술자이고 나는 보조원이다.

오전 11시 경이면 하루의 재료를 다 쓰고 다음날 오뎅을 만들기 위한 기계 청소와 장비 도구를 정리하고 나면 오후 2시경에 하루 일이 끝난다. 보고 싶은 것도 많고 하고 싶은 것이 많던 시절이라 우리는 영화도 보고 태종대 구경도 다녔다.

나는 중학교를 다니지 못하고 방황하던 때에 잠시 부산에 있던 어릴 적 동무 강석삼이를 만나서 과자공장에서 며칠 일을 하였던 적이 있었다. 오뎅공장 일을 마치고 나면 석삼이 친구를 찾아 이곳저곳을 다녀보았지만 친구의 삼형제는 서울로 갔다는 소식을 들었다.

오뎅공장에서 일한 지 4개월이 지나서 월급을 받은 나는 평소에 마음

먹고 있었던 서점을 방문하여 여성중앙 월간지를 한 권 구입하고 시장통 빵집에서 고로케를 달라고 하여 빵을 샀는데 주문한 빵이 나오지 않고 분명히 여러 가지 섞어달라고 하였는데 한 가지만 주어서 다시 아주머니에게 고로케 주세요 하였더니 총각! 고로케 주었잖아! 하시며 나를 빤히 쳐다보기에 나는 당황해서 어쩔 줄을 몰랐다.

빵 봉지와 여성잡지책을 들고 오뎅공장 뒤 시장공동화장실 입구에서 1시간쯤 기다리고 있었는데 그때 순단이가 왔다.

나는 순단아! 하고 불렀다. 순단이는 나를 반기며 여기서 뭐 하는 거니!

나는 순단이가 공장을 오면 그 시간쯤이면 화장실에 올 수 있다는 무기한의 기다림이었다. 그날은 나의 예상에 적중한 날로 순단이에게 말을 했다.

순단아! 나 어제 월급 받아 너에게 주고 싶은 것 준비했다. 나의 성의로 받아줘 하며 책과 빵 봉지를 건넸다.

순단이는 나의 선물을 받으면서 아이, 무슨 이런 것을… 생각도 못했는데. 하여 나는 기뻤고 순단이가 웃는 얼굴이 예뻤다. 바로 그때 너희들 여기서 뭐 하는 거야! 주인아주머니가 화장실에 오면서 우리들을 보게 되어 소리를 질렀다.

순단이에게 빨리 공장으로 오라 하는 아주머니는 나를 보며 못마땅한 표정을 지었다. 나는 아무 말도 못하고 멍 하니 서 있다가 그리고 순간 잘못한 것은 없지만 들켰다는 느낌이 들었다.

나는 시장 구경을 하고 한참 뒤에 공장으로 들어갔다. 심 군! 내일 가방 챙겨서 다른 데 일자리 알아봐, 라는 주인아저씨의 명이 떨어졌다. 규철이 친구가 주인아저씨에게 사정을 해도 소용이 없었다.

그곳에는 순단이의 모습은 보이지 않았고 나는 그날 밤 다락방에서 친구와 많은 이야기를 나누고 가방을 챙겨 고향으로 내려간다는 결론을 짓고 새벽에 공장을 나와 부산역 대합실에서 열차운행 시간을 기다리다가 경전선 열차에 몸을 실었다.

고향에 돌아온 나는 어머니와 같이 지내면서 형님, 형수의 구박을 견디기에 너무 힘들었다. 때로는 형님의 폭력이 두려워 어머니와 나는 이웃에 할머니 혼자 계시는 집에 피신하여 잠도 자고 이곳저곳을 떠돌며 지내는 날도 있었다.

그러던 어느 날 재도, 형철이 친구와 함께 이반성면 성전암 사찰로 들어갔다. 주지스님은 종구 친구의 누나와 인연이 있어서 우리는 누나를 설득하여 안식처로 사찰에 머무를 수 있었다.

당시 사찰에는 공무원, 행시, 사시 공부하는 사람들이 많아서 우리 셋은 산에서 장작나무를 마련하여 여러 개의 방에 난방을 책임지고 사찰의 심부름을 하는 것으로 밥값을 했다.

사찰 주변에는 밭이 많고 감나무가 많아서 작년에 만들어 놓은 곶감이 많았다. 사찰에서 내려 보는 산야와 마을 풍경이 아름다웠고 공기가 신선하여 나는 공부하는 형님들이 부러웠으며 고양주 할머니가 만들어 주는 음식이 좋았다.

그곳에서 자라는 산나물 중에 매콤한 향기가 진하게 퍼져 밥을 먹다가 토한 적도 있다. 어느 누구나 처음 먹는 사람은 곤욕을 치르는 전통을 재미로 하는 행사에 나와 친구들도 한 번은 거쳐 갔다.

그러나 두 번째 먹을 때부터는 구수하고 고소함을 평생 잊지 못하는 특징이 있어 공부하러 오는 사람들 중에는 본인의 목적을 달성한 후에도 찾아오게 되는 중독성 있는 산나물로 전해지고 있다.

사찰에는 떡, 과일, 곶감 외는 먹을 것이 별로 없다. 한참 먹성이 좋을 시기에 친구 세 명은 그 많은 양의 곶감을 줄여 나갔다.

재도 친구는 집에서 농사일이 하기 싫어서 가출에 동참했고 형철이는 고등학교 공부가 하기 싫어 동참하였으며 나는 머무를 곳이 없어서 사찰로 택한 것이다.

그 당시 형철이의 아버지는 철도공무원으로 간부직이었고 이영수, 이영호 작은할아버지는 대구 고법 고검에 판사·검사로 계셨고 후일 이영호 법무부 장관도 하신 집안으로 가족의 염려는 잊고 지냈다.

각자 다른 사연으로 사찰에서 지내는 동안 부산에 있는 고향친구들의 만남으로 사회로 진출하려는 꿈을 가지고 있었으며 때로는 산과 마을을 오가며 젊은 혈기를 낭비하고 있었다.

그러던 어느 날 산에는 보슬비가 내리고 우리는 산토끼 사냥을 하느라 바쁜 시간을 보내는데 어떤 사람이 사찰을 방문하여 우리 셋을 찾는다는 고양주 할머니의 말을 들었다.

우리는 긴장하여 주지스님이 계신 곳을 바라보고 도망을 가느냐 잡히느냐 주저하는 사이에 스님의 방문이 열렸다. 아이쿠야! 나의 큰형님이었다.

형님은 동네 셋집에서 여러 곳을 수소문하였다고 했으나 종국이 친구 누나의 제보가 있었던 것 같았다. 우리는 꼼짝없이 형님에게 붙들려 각자의 집으로 돌아왔다.

제2화. 손가락이 잘린 어머니

작두날에 손가락이 잘린 어머니는 쓰라린 고통을 참으며 나는 괜찮다
너무 상심하지 마라 하시며 아들의 마음을 달랬다.

형철이는 다시 학교를 다녔고 재도는 집에서 농사일을 도왔다. 나는 형님을 따라 논과 밭을 다니며 일했다. 각자의 가족이 기다리는 집으로 돌아가서 안정을 찾았지만 나에게는 심적 육체적 고통이 따랐고 형님의 폭력은 더욱 심하게 되었으며 어머니와 나는 풀을 썰기 위해 작두질을 하다가 어머니의 손가락 하나가 잘리는 사고가 발생하였다.

급하게 가까운 보건소에서 잘려나간 부분을 치료하고 어머니는 통증을 참기 어려워했고 크게 놀란 나는 괴로움과 두려움이 있었는데 형님은 어머니와 나를 나무라며 며칠을 두고 큰소리로 다그쳤다.

그러나 어머니는 자신의 손가락에 생기는 아픔보다는 구박받던 나를 더욱 걱정하여 나에겐 괜찮다고 하시며 마음을 다독거려 주셨다.

정말 견디기 힘든 나날의 연속으로 어머니와 나는 손을 잡고 진주에 있던 외가로 갔으며 외할아버지 할머니가 계시지 않은 외사촌 형제들의 집을 찾아가 며칠씩 떠돌이 생활을 하였다.

그렇게 지내는 동안에 떡공장 숙모를 통하여 우체국에서 연락이 왔다. 다시 우체국으로 와서 일을 하라고 하여 어머니와 나는 좋아서 본가로 돌아와서 우체국을 찾아갔다. 지난날 해오던 일이라 금방 익숙한 자세로 임할 수 있었으며 나에게도 새로운 꿈을 가질 수 있었다.

형님의 폭력은 어쩔 수 없는 숙명으로 생각하고 어머니와 나는 인내하며 지금에 감사하는 마음으로 지내던 중 셋째 형님은 군대에서 휴가를 나와서 좋았다.

어머니와 셋이 앉아서 그동안의 고통과 어머니의 손가락을 보고 형님은 한숨을 쉬며 제대하면은 천수 형님이 모신다고 말하여 어머니와 나를 위로하여 주었고 그날 밤 잠을 자면서 천수 형님은 몰래 눈물을 흘리며 밤을 새우는 일이 있었다.

그 다음날 천수 형님은 군에서 낙하산 점퍼 수당을 모아왔다며 어머니에게 돈을 주었으며 어머니는 어떻게 돈을 저축할 수 있느냐며 성큼 받기를 꺼려하였으나 천수 형님의 설득으로 어머니는 두 번 세 번 접어 속바지 주머니에 넣고 옷핀을 찔렀다.

어머니는 손가락을 잃은 사실을 감추려고 하였으나 친척들과 이웃의 여론으로 면내에서 청송심가 큰어머니로 많은 고통 속에 살고 있다는 소문을 들은 천수 형님은 큰형님에게 경고를 하며 앞으로 두 번 다시 어머니와 막냇동생을 괴롭히고 폭행하면은 그냥 두지 않겠다고 하였다. 큰형님은 아무 말도 하지 않았다. 그리고 며칠 후 천수 형님은 공수특전여단으로 귀대하였다.

1972년 새해가 시작되어 일상생활로 지내던 중 임시직으로 근무하던 태영이 형님이 다른 곳의 일자리가 생겨서 우체국을 떠난다고 하여 나는 태영 형님이 하던 우편물 운송을 인근 별정우체국으로 하고 열차, 버스 편으로 주고받는 행낭 운송 업무를 하게 되었다.

도급 경비에서 주는 계약직이지만 당시로서는 승진하였다는 자부심도 생기고 월급도 4천 원으로 올랐다. 나는 1974년에 이직하기까지 최종 7천 원의 급여를 받은 기억이 생생하다. 이런 전환점이 있고 시간이 흐르는 동안에 나의 몸과 마음은 조금씩 성장해가고 있었다.

아침 일찍 일어나서 열차, 버스 편으로 우편물을 주고받아 국별로 구분하여 다시 인근 국으로 가는 행낭을 봉인하여 아침 7시에 장사라는 우체국을 향해 자전거 페달을 밟아 12㎞의 거리를 40분이면 도착해서 행낭을 주고받아 귀국한 후 어머니가 기다리는 집으로 와서 아침을 먹고 다시 우체국으로 출근하여 면내에 있는 우체통의 편지를 수거하여 열차, 버스 편으로 행낭을 주고받는 일이 연속되었고 이제는 제법 일요일에 격주로 쉬는 날도 생겼다.

한겨울에도 온몸에 땀이 젖는 날이면 새벽의 찬 공기는 청량제와도

같았으며 나의 생활은 보람이 있었으며 어머니의 건강도 많이 회복되어

갔다.

그동안 수많은 시련 속에 만신창이가 된 나에게 1972년의 봄날에 우체

국을 찾아오는 동창생들의 교복에 고1이라는 배지가 달려 있었고 동네

친구들 중에는 고3이라는 학년으로 대학을 준비하고 직장을 생각하는

시기가 되었다.

나는 동창생들의 교복이 부러웠고 고3 친구들의 책에 욕심이 생겼다.

그 후 연세대학을 진학한 제정환, 사범대를 진학한 강진석, 부산시 지

방 공무원으로 발령받은 차성대, 그 외 여러 친구들의 고교시절 보고 남

은 책을 몽땅 가져왔다.

그리고 나는 진주 인사동에 있는 고등기술학교를 찾아가서 개학이 지난

3월에 입학을 희망했다. 학교 서무과에서는 이곳은 문교부 인가 학교로

중졸자가 아니면 고등학교를 입학할 수 없다는 기본방침을 설명하였다.

그럼에도 불구하고 나는 매일같이 찾아가서 입학을 시켜달라고 떼를

썼다. 나의 형편으로는 주간에 일을 하고 야간 공부로 전자통신과를 지

원하였고 3년이 안되면 1년이라도 배우고 싶다며 애원했다.

낮에 하는 일을 마치고 한 달 정도 학교 서무실을 방문하여 배움을 갈

구하던 날 나이 많은 한 분이 이곳은 고등학교 졸업이 아니라 수료증이

나오는 학교이니 착오 없기 바란다며 배움의 의지가 강하여 내일부터 야

간에 등교하여 공부할 수 있도록 허락한다고 하여 서무과에 입학원서를

작성하고 학생증을 받았다.

그날 저녁에 나는 진주성에서 하늘로 날았다. 그리고 집으로 돌아와 어머니에게 말씀드리고 같이 기뻐하였으며 어머니가 아껴두었던 돈을 주면서 교복과 책을 사라고 하였다. 나는 우체국 서무주임님에게 사실을 말씀드리고 등교시간에 차질이 없도록 당부하였다.

학생증이 발급되어 승차요금이 할인되었고 늘 막차 시간에 돌아오는 나의 하루는 바쁜 만큼 희망의 꿈이 커져가고 있었다. 낮에는 우체국에서 일하고 밤이면 학교로 등교하여 공부하는 재미가 있었고 일요일이면 사택의 빈방에서 공부할 수 있는 행운이 있었으며 당시에 행정서기로 있던 김일헌, 명공식, 김영옥 형님들은 나의 열성을 응원하여 지원을 아끼지 않았다.

특히 광주일고를 장학생으로 졸업하고 청산도의 홀로 계신 어머니를 생각하며 대학을 포기하고 국가 공무원 시험에 합격하여 체신부로 이곳에 발령받은 일헌 형님은 나에게 많은 용기를 주셔서 후일 청산도를 수소문하여 찾아뵈려고 하였으나 주민의 만류로 만나보지 못하는 슬픈 사연이 있었다.

나에게 희망이 싹트는 1972년에 직장과 학교 공부로 시간 가는 줄 몰랐으며 나의 목적을 향한 큰 포부만큼 성장해가는 과정으로 형님의 폭력을 뿌리치고 도망갈 수 있었고 형수가 밥을 주지 않아도 견딜 수 있는 나의 각오가 배를 채웠고 나도 공무원이 되겠다는 꿈이 자라는 열일곱 살 청소년 시절이었다.

새벽에 맑은 공기를 마시며 자전거를 타고 달리는 하루의 일과는 야간 학교를 마치고 우체국에서 자율학습을 하다가 밤 0시면 인접국과의 당일 전신문 송수신 중계 건수를 대조하고 진주 전신에 보고하는 동시에 당국의 일일 결산도 끝나는 정기적인 업무가 있다.

그 다음에 진성, 금곡, 금산, 반성 등 몇 개 국이 교환대 코드로 연결하여 우리들은 하루의 피로를 녹이는 잡다한 이야기를 나누고 때로는 노래자랑도 하는 한밤에 음악편지 같은 시간이 좋았다.

이런 인연으로 일요일 쉬는 날이면 인접국을 방문하여 친구가 되고 좋아하는 사람이 되기도 하였다. 그 중에서도 두문국의 유남열 형님은 통기타를 잘 치고 노래도 잘 불러 인기가 많았으며 진성국에 근무하는 은정이는 키도 크고 얼굴도 예뻤으며 웃음이 통쾌하여 남자들의 인기를 많이 차지하였다.

그 당시에 이러한 피로회복제가 있었기에 일과 공부에 지칠 줄 몰랐고 시련과 고통 속에서도 긍정의 싹이 커져가고 있었다. 이러한 인연으로 삼곡, 진성, 두문 우체국, 처녀 총각들은 단체 여행 일정으로 고성 옥천사를 갔다.

우리들은 사찰 주변을 돌면서 계곡에 발을 담그며 가져간 음식을 나누고 함께 모여 사진을 찍고 통기타 음률에 맞추어 손뼉을 치며 계곡에 흐르는 물소리와 하모니를 이루었다.

단체 사진을 찍을 때면 키가 큰 은정이는 언제나 내 옆에 있었고 둘이서 사진을 찍으면 보기 좋다는 말도 들었으며 시샘하는 눈치도 보였다. 그때 내 나이 열일곱 살 176㎝였고 은정이는 열아홉 살에 168㎝였다. 은정이가 구두를 신으면 나와 어깨가 같았고 눈빛도 마주쳤다.

그날 하루의 소풍은 아름다운 추억으로 저장되어 먼 훗날에 수차례로 꺼내보는 보석 같은 재산이 되었다.

해가 산봉우리를 넘어가기 전에 우리들은 옥천사를 뒤로 하고 각자의 보금자리로 돌아갔고 나는 우체국 사택에서 책을 펼쳐보았지만 낮에 있었던 설렘이 진정되지 않아서 하얀 밤을 지새우고 월요일을 맞이하여 예전의 일상으로 돌아가서 평온함을 찾았다.

그날 이후로 0시가 되면 한동안 옥천사 여행기에 서로가 하고 싶은 말이 많았고 사진을 찾은 뒤에는 더욱 애타는 마음으로 젊은 피가 끓는 애정이 피어나기 시작하였다.

그 후로 나는 학교를 마치고 오면은 자전거를 타고 12㎞ 정도 떨어진 진성에 은정이를 찾아가서 만났고 같이 근무하던 진성의 여직원들과 인근 마을 문옥이 친구하고도 어울려 감자, 고구마, 옥수수 등을 싹 서리하여 같이 삶아먹고 함께 깔깔거리며 놀다가 밤이슬 맞으면서 진성고개를 넘어왔다.

다음날이면 꾸벅꾸벅 졸 때도 있지만 나의 자가용은 자전거로 지금까지 무사고로 기록되고 추억과 함께 잘 저장되어 있다.

그때의 은정이는 교환원이 아니고 우체국 환·저금 담장자라서 오후에 퇴근하면 밤에 나오기가 쉽지 않아서 할머니, 어머니에게 야간근무 교환원이 집안 사정이 생길 때 대신 근무하러 간다는 거짓말을 하고 나오기 때문에 매일 만날 수는 없었다.

　　이러한 일들이 빈번해지면서 은정이에 대한 나의 마음이 사랑으로 싹이 트고 나의 처지를 생각하게 되었다. 주변에는 정식 공무원들도 많았고 가정형편도 좋지 않은 내가 너무 착각하고 있는 것 같아서 고민이 되었다.

제3화. 은정이의 편지

수! 너와 나는 쉬 떴다 쉬 지는 보름달보다는 영원히 아니 질 듯한 초
승달이 되자구나
  밤하늘 은하 속에 유난히 빛나는 별 하나는 너의 별
  또 다른 하나는 나의 별이야

그러던 중 삼곡 우체국 직원들이 회식을 마치고 총각들 세 명이 다방
에서 차를 마시며 나를 부르는 연락이 와서 나는 그곳으로 달려가 같이
자리하여 커피를 마시는데 갑자기 친구의 형님이 옆자리에서 일어나 칼
을 휘두르며 나의 왼쪽 옆구리를 찔렀다. 나는 긴급하게 진주 동명병원으
로 옮겨져 검사 후 장기에는 이상 없다는 결론으로 봉합시술 처치 후 입
원하게 되었다.

친구의 형님은 다방 부근에 있는 이발소에서 일하고 있었으며 그날 다
방에서 차를 마시고 있던 우체국 직원들이 평소에 자기가 좋아하는 아가

씨를 합석하여 같이 이야기하며 웃고 있던 모습을 보고 눈이 뒤집혀 있었는데 마침 그때 내가 와서 그 옆자리에 앉아서 이성을 잃고 이발소에 있던 칼을 들고 사고를 내게 되었다고 하였다.

친구의 큰형님은 고향에서 택시운전을 하면서 홀로 계신 어머니가 빵집을 하고 여러 동생들을 돌보는 효자로 알려져 있었으며 나의 어머니와 우리 형제들을 찾아와서 동생의 잘못에 대한 용서를 구하였다.

친구 태주는 나와 동창으로 이웃에 살았고 그의 어머니가 자식의 잘못을 부끄러워하며 나의 어머니를 찾아와서 용서해달라고 사정하여 일생의 운수 탓으로 돌리고 용서하여 주었다.

나는 입원하여 치료받고 있던 중 은정이가 찾아와서 나를 위로하여 주었고 편지로 나의 마음을 달래주어 약 2주 후에 퇴원하여 통원치료하면서 다시 일을 하게 되었다.

그때 보내준 은정이의 메시지는 수! 너와 나는 쉬 떴다 쉬 지는 보름달보다는 영원히 아니 질 듯한 초승달이 되자구나. 밤하늘 은하 속에 유난히 빛나는 별 하나는 너의 별 또 다른 하나는 나의 별이야! 지금까지 저장되어 가끔 밤하늘을 보면 그때를 재생하기도 하다.

한 편의 시련이 지나가고 우체국 근무는 계속되었지만 그 간의 공백과 한 달 치 회비를 내지 못한 나의 학교 수업은 일 년을 채우지 못하고 끝이 났다. 그때의 교복과 학생증은 오래 동안 보관하다가 내 나이 사십 중반에 불태워 재를 쓸어 모아 하늘로 날렸다.

예전처럼 근무하면서 가끔씩 우체국에 우표를 사러 오는 동창생들의 교복차림이 부러웠고 나도 열심히 공부하여 국가 공무원이 되어야겠다는 생각이 굳어져 갔다.

내가 근무하던 우체국의 이광순 국장님은 고향이 하동 옥종면으로 진주에 집을 두고 출퇴근하여 나는 국장님께 말씀드려 사택 방 한 칸을 공부방으로 사용하라는 허락을 받았다. 1972년의 한해는 저물어가고 나의 일과와 독학은 탄력이 붙어 보람이 있었다.

새해가 시작되어 열여덟 살의 나이로 소년에서 청년으로 성숙해져가고 있었으며 동네친구들은 재도, 만록이 집에 모여서 저녁이면 친구들이 모여 우리들의 세대를 갈구하고 역도, 평행봉, 아령 등으로 체력단련도 하여 나의 허벅지와 어깨는 균형을 갖추어 가는 청년의 시기였다.

친구들이 모여 밤늦게까지 이야기를 나누는 우리의 쉼터 재도 집 사랑방에는 어느 날 인근 청곡사 밑 조동마을에 사는 우리 또래 여자아이들을 초대했다.

여자 친구들이 다섯 명에 우리 친구들은 열 명이 넘었다. 서로 정해진 짝도 없고 잘 알지도 못한 사이로 그 해의 석가탄신일에 친구들이 청곡사를 다녀오다가 조동마을 처녀들과 말장난을 하게 된 인연으로 쪽지를 주고받기 시작하여 친구들이 초청해서 우리들의 아지트를 방문하게 되었다.

우리는 그들을 반기며 과자와 음료수로 대접하고 밤늦게까지 놀다가 용감한 재도와 점용이가 처녀들의 마을까지 데려다 주었다.

일하면서 공부하던 나의 시간 속에 잠시 동안 쉬어가는 친구들과의 모임으로 함께 즐기는 재미가 있었고 그 동네 처녀들은 내가 하는 일로 마을에 방문하여 이장님에게 문의하는 과정에서 낯설지 않은 나를 편하게 대하여 주었다.

그런 일이 있고나서 며칠 후 친구들과 모여 처녀들이 살고 있던 조동마을로 밤에 찾아가서 여자 친구들이 모여 있는 방에서 삶은 계란과 사이다를 먹다가 밖에서 들려오는 기침 소리와 그 집의 처녀를 부르는 아버지 소리에 우리는 신발을 들고 일제히 문 밖을 나서 뛰었다.

마을에서 떨어진 비닐하우스 안으로 들어가서 추운 날씨에 몸을 녹이기 위해 그곳에 있던 짚으로 불을 피웠다. 우리는 처녀들이 무슨 소식을 전할 것을 기대하고 손을 녹이고 있는데 갑자기 불꽃이 비닐하우스를 태우고 크게 번져 우리는 윗도리를 벗어 불을 꺼보았지만 순식간에 불꽃은 커져갔다.

우리는 일제히 뛰자! 소리 지르며 청곡사 쪽으로 달려가서 사찰 밑에 있는 동굴에 모였다. 마을 쪽 불꽃은 우리가 있는 곳까지 보여서 불안한 마음에 산길을 타고 집으로 돌아왔다. 우리는 아지트에 모여서 만약을 대비하여 오리발 작전을 짜고 각자의 집으로 헤어졌다.

다음날 하루 종일 불안한 마음으로 지내다가 저녁에 친구들이 재도 집에 모였다. 아니나 다를까 불이 난 조동마을 어른들이 우리 동네를 찾아와 어제 있었던 우리들을 찾고 책임을 물었다고 했다.

조동마을에서 부모님이 부자로 살고 있던 선희는 형철이와 가깝게 지냈다. 두 사람은 동성동본이라 결혼은 할 수 없는 사이라고 말들이 있었으며 선희는 형철이 집에 놀러 와서 어머니도 본 적이 있는 상태였다.

조동마을 야밤에 일어난 불꽃은 형철이가 해결했다. 남산 밑 총각들은 그렇게 성숙해져가고 그런 사랑이 꽃피던 시절에 서로의 마음을 소통하는 친구도 있었다.

옛 시절 시골마을의 풍경이 그러하였듯이 그 시대 사연들은 소설이 되었지만 젊은 날의 추억으로 자리매김하고 있다. 세월이 지나서 명절에 고향을 갔을 때 교통의 중심이던 사거리에서 아이들을 데리고 친정 가는 차를 기다리는 조동마을 처녀들의 모습을 보면서 나는 많은 것을 생각하였다.

어느 시골에서나 있었던 일이지만 그 당시는 남자 친구들이 모여서 과수원, 수박, 참외 밭 서리를 하고 밀과 완두콩을 서리하여 먹는 모습에서 서로의 얼굴이 시커먼 개구쟁이들의 웃음이 순진했고 유황불을 닭장에 넣어 꼬꼬를 잠들게 하고 닭 귀에 볍씨를 넣어서 한쪽 방향으로 하루 종일 빙빙 돌게 하여 닭병으로 둔갑시켜 포식했던 사내 녀석들이 이제는 할아버지가 되어 세월의 덧없음으로 미소 짓는 일이 되었다.

주경야독으로 생활하는 나에게는 언제나 함께하는 어머니의 따뜻한 품이 있었기에 나는 견딜 수 있었고 나의 꿈을 키워갈 수 있었다.

따뜻한 봄날이 시작될 즈음 군대 간 천수 형님은 제대를 한 달 정도 앞두고 휴가를 나왔다. 여전히 변하지 않고 어머니와 나를 괴롭히던 큰형님에게 이 집은 아버지와 어머니 집이고 앞으로 제사도 자기가 모신다고 지금 당장 짐을 챙겨 나가라고 하였으며 형님 두 분이 실랑이 끝에 천수 형님은 곡괭이를 들고 큰형님이 쓰던 작은 방 구들을 파버리고 이 곡괭이에 맞아 죽지 않으려면 빨리 나가라고 하고 밖으로 나갔다.

이튿날 만수 형님은 짐을 챙겨 가까운 곳으로 이사를 하였다. 친척들과 이웃은 만수 형님이 천벌을 받았다고 하였으며 공수부대에서 목숨 걸고 훈련받은 사람이 아니면 할 수 없을 것이라는 여론으로 어머니와 나를 위로하였다.

그런 일이 있고나서 천수 형님은 자대로 복귀하여 한 달 후에 제대를 하고 집으로 돌아왔다. 마땅한 직장이 없던 천수 형님은 막노동을 하며 어머니와 나를 보호하여 안정을 찾아 주었고 몇 달이 지나서 어머니와 천수 형님, 나와 셋은 지금까지 우리 가족이 살았던 대궐 같은 집과 논밭을 큰형님에게 주고 빈손으로 나가자고 의논하여 아랫동네 할머니 혼자 지내시는 집에 작은 방 한 칸을 얻어 이사를 하였다.

우리 세 식구는 비참하였지만 마음만은 편안하여 마치 해방된 자유의 몸이 된 것 같았다. 작은집 숙모들이 우선 먹을 것을 챙겨주고 어머니를 위로하며 지금까지 고통 받았던 것들을 떨쳐버리고 이제부터는 마음만이라도 편하게 지낼 수 있어서 다행스러움을 위안으로 지내면 친척들이 심가문의 종부를 외면하지 않을 것이라고 했다.

그런 후로 천수 형님은 문산에 있는 버섯공장에 양송이 재배 일을 하러 다니게 되었고 매월 고정적인 수입이 보장되어 우리 세 식구는 안정된 생활 속에 나의 월급으로는 책을 구입하여 공부할 수 있어서 좋았다.

한바탕 파도가 지나간 나의 생활에는 활기가 생겼고 한동안 잊고 지냈던 진성의 은정이가 생각이 나서 전화를 하였다. 마음씨 고운 은정이는 나를 외면하지 않고 반겨주었다.

잠시 은정이에 대한 나의 처지를 비판하여 머뭇거림은 은정이의 때 묻지 않은 순수함으로 나에게 말 한마디라도 배려하는 아름다운 여인이었다.

예전처럼 자전거를 타고 진성으로 향하는 페달에는 힘이 넘쳤고 돌아오는 길에 내리는 밤이슬은 땀을 식히는 청량제와도 같았으며 나는 그 시간이 행복했다.

그러던 1973년에 친구들은 대학을 가고 공무원 시험 준비와 발령받아 객지로 나가는 일들이 주변에서 이루어지는 것을 보고 나도 공무원 시험 응시원서를 제출했다.

그러나 국가 공무원 임용법에 의한 만 18세가 미달되어 응시원서는 반려되었다. 나는 순간 기가 죽었다. 잘나가는 친구들이 부러웠고 내년이 되어야 자격이 주어진다고 생각하니 일 년이라는 시간이 너무 무겁게 느껴졌다.

나의 주변에서 응원하여 주시던 많은 분들은 나이만 응시자격이 된다고 공무원이 다 되는 것은 아니라며 그동안 열심히 공부하여 내년을 준비하라고 하셨다.

다음 기회로 마음먹고 현재에 충실한다는 자세로 지내던 중 10월경에 은정한테서 전화가 왔다. 은정이는 자기 집 가을 추수로 일요일에 벼 베기를 한다고 아침 일찍 진성 집으로 오라고 하였다.

나는 덜컥 겁이 났다. 지금까지 은정이를 만나서 같이 놀다가 하촌리 마을에 여러 차례 데려주면서 도로 쪽에 창문을 열고 손을 흔드는 모습을 보고 돌아오는 것이었는데 어른들을 만나는 것은 나에게는 긴장되었다. 그러나 은정이는 할머니께서 허락하셨다고 걱정하지 말고 오라고 하였다.

은정이는 진성면 하촌리 하촌마을로 4대가 한 집에 살고 있었으며 은정이는 막내딸로서 질녀와도 몇 살 차이가 나지 않는 가정이었다.

나는 용기를 내어 설레는 마음으로 하촌마을 은정이 집을 방문하여 먼저 할머니께 인사를 올렸다.

할머니는 어이쿠야! 총각이 키도 크고 인물도 좋구나 하시며 나의 가족사항 지금 하는 일 등 궁금한 것이 많았다. 은정이는 할머니에게 그만 물어보라고 하며 나를 데리고 어머니, 아버지와 함께 논으로 갔다. 사실 나는 농사일을 잘하지 못한다. 그날 논에서 일을 하고 점심을 은정이 가족들과 같이 먹고 하는 동안 나는 하루 종일 긴장되어 있었다.

해질 녘에 집으로 가자고 하였으나 나는 은정이에게 손을 흔들고 집으로 돌아오는 자전거 페달을 힘껏 밟았다. 진성고개를 넘어 집에 도착했을 때는 나의 몸은 땀에 젖어 있었고 어머니는 웬일인지 놀란 표정으로 나를 보며 물었다. 나는 아무 일 없다고 하였으며 우체국으로 가 사택 부엌에서 몸을 씻는 동안 울다가 웃고 웃다가 울고 하였다.

그런 일이 있고 나서 은정이는 삼곡우체국에 놀러 와서 내가 살고 있던 집을 방문했다. 어머니는 은정이를 보고 처녀가 키도 크고 피부도 좋고 인물이 좋다고 하셨다. 은정이는 그 당시 진성면에서 제일 미인으로 지방유지분들은 며느리로 탐내고 있었다.

그날 나는 많이 부끄러웠다. 그러나 은정이는 궁핍한 우리 집 살림살이에는 전혀 내색하지 않았다. 나는 용기 내어 은정이에게 말했다.

은정아! 나는 공무원이 되어 꼭 너에게 장가 갈 거다. 말수야! 너 정말 꼭 공무원이 되어야 한다. 그 다음은 나도 모른다.

그날 이후로 나는 친구들이 모이는 만록이, 재도 집에 놀러가는 시간을 줄이고 오직 공무원이라는 타이틀에 매달렸다.

명절이 되면 우리가 살고 있는 조그마한 방에는 일가친척들이 어머니를 보기 위해 넘쳤고 형님과 나는 초라한 생활이었지만 어머니와 함께 행복했다.

1973년이 저물고 1974년 대망의 새해가 밝았다. 지금까지 지내왔던 것처럼 나의 일과는 원활하게 처리하면서 나의 목표를 향한 공부는 지속적으로 탄력이 붙어갔다.

시간은 흘러 형님은 월급을 받으면 어머니에게 드려 조그마한 내 집 마련의 꿈을 키워갔고 나는 시험의 그날을 기다리며 열심히 하고 있었다. 그리하여 우리는 천수 형님이 벌인 돈으로 살고 있던 집 가까운 곳에 집을 사서 이사를 하고 어머니와 나는 큰 방을 쓰고 형님은 작은 방을 쓰며 우리 집이라는 뿌듯함으로 어머니가 해주는 보약 같은 밥을 먹고 생활했다.

같은 면 소재지에 살고 있던 둘째 형님은 고향의 점포를 운영하다가 결국에 팔아서 형님의 가정에 쓰고 어머니의 약값도 드리고 하였으나 나의 학비를 주지 못한 것을 안타깝게 생각하여 가끔씩 우리가 살고 있던 집을 찾아와서 어머니와 대화를 하며 지냈다.

큰형님과 우리 형제는 적대 관계로 지내는 동안 어머니는 조상을 모시는 제사를 큰형님이 지내는 관계로 형제들의 우애로 잘 지내는 것을 내심 바라고 있었다.

그럴 즈음 시험에 대비하여 사택에서 공부하고 있던 나에게 위로하고 응원해주는 두 해 선배 김외자는 지금까지 고맙다는 말 한마디 하지 못하고 지내온 것이 마음에 빚으로 남아 있다.

외자는 윗동네 살면서 1973년에 고등학교를 졸업하고 우체국 임시직 교환원으로 들어와 야간근무 때 2시간 교대로 휴식시간에 나를 응원하기 위해 내가 공부하고 있던 방을 찾아와 같이 놀아주었다.

열심히 해서 꼭 공무원이 되어라 하면서 자기도 정규직이 되기 위해 노력한다며 내가 모범을 보여줘서 나를 칭찬하고 감사한다고 말하며 나는 공부하던 책을 잠시 덮어두고 외자와 대화도 나누고 장난을 치기도 하였다.

　어떤 때에는 장난을 치다가 나의 팔이 외자의 가슴에 닿을 때면 둘이는 얼굴이 뻘게져 서로를 보고 부끄러워했다.

　2시간의 휴식은 짧았지만 외자가 야근하는 날이면 왠지 기다려지고 그런 나를 이해라도 하였는지 야근이 없는 날에도 가끔 나를 찾아주어 보너스 시간을 즐기기도 하였다.

　그 후 내가 공무원 교육원에서 교육을 받을 때도 어머니에게 연락해주는 나의 지원군으로 어려운 시기에 많은 도움을 준 사람이다.

　주변의 많은 관심을 받던 7월에 1974년 8월 9일 기준 만 18세 이상인 자가 응시할 수 있는 체신공무원 공개채용 응시 공고문이 발표되었다. 나는 1956년 7월 10일생으로 국가공무원 임용자격기준에 한 달이 지난 적격자로 응시할 수 있었다.

　나는 원서를 작성하여 제출하고 1–124번의 수험번호를 받았다. 원서마감은 8월 9일이었으며 시험일자는 한 달 뒤 9월 8일이었다. 그동안 노력한 나의 희망을 향해 더욱 열심히 했다.

　기다리던 9월 8일이 되어 나는 부산동의 공전에서 시험을 치렀다.

제4화. 독학으로 공무원 시험에 합격하다

1974년 10월 14일, 나는 부산체신청에서 온 합격통지서를 받았다. 나는 몸과 마음이 하늘로 날았다. 주위에 있던 우체국 직원들은 나를 향해 축하 박수를 쳤고, 나의 작은집 영희 누나와 외자는 너무 기쁜 나머지 눈물을 흘렸다.

시험을 마치고 교실을 나온 나는 기분이 흐뭇했다. 하늘을 쳐다보니 먼저 어머니와 천수 형님, 은정이의 모습이 떠올랐다. 그리고 부산에 있던 종석, 규철, 만상 친구들을 만나서 난생 처음 술을 마셨다. 그날 저녁에 술인지 물인지 모르고 마셨는데 알코올 성분은 어느새 나를 잠들게 하였다.

이튿날 고향집으로 돌아와서 어머니와 형님, 우체국 직원들께 나의 느낌을 알리고 한 달 후 10월 8일 합격자 발표 날을 기다렸다.

나는 홀가분한 마음으로 평소처럼 일하면서 내가 공부하던 사택 방에서 그동안 여러 차례 보았던 책을 정리하면서 수많은 생각이 스쳐가고 며칠 동안 잠이 오지 않았다.

1974년 10월 14일, 나는 부산체신청에서 온 합격통지서를 받았다. 나는 몸과 마음이 하늘로 날았다. 주위에 있던 우체국 직원들은 나를 향해 축하 박수를 쳤고, 나의 작은집 영희 누나와 외자는 너무 기쁜 나머지 눈물을 흘렸다.

나는 그 길로 어머니와 천수 형님에게 합격 내용을 알리고 다시 우체국으로 돌아와 원주사님으로부터 설명을 들었다. 원주사님은 체신청 인사과에 전화해서 상세한 내용을 듣고 하루 빨리 서류를 구비하여 우편으로 보내지 말고 체신청을 방문하라고 하였다.

그 당시 공무원 임용에 구비할 서류는 지금과 크게 다를 것이 없었으나 재정보증(재산증명 첨부) 2명이 어려운 문제로 떡공장 삼촌과 숙모의 도움으로 해결하여 나는 부산체신청을 방문했다.

인사과 담당자님은 제출한 서류를 검토하시고 빠짐없이 잘해왔다고 하시며 어허! 이놈 봐라. 키도 크고 신체도 좋고 학벌이 좋지 않은데 전체 수석을 하여 너부터 발령을 보내야만 다음 합격자들도 발령할 수 있다며 신원조회가 통상 한 달 정도 소요되는 당시의 실정을 설명하시며 10월 20일부터 11월 16일까지 체신공무원 교육원에 입교하여 교육을 받으면 시간이 없다고 하시며 신원조회 서류를 직접 진주경찰서에 제출하고 공무원 임용사항의 시급성을 당부하라고 하셨다.

나는 인사과에서 주는 서류봉투를 들고 집으로 돌아와 다음날 진주경찰서를 찾아가 서류봉투를 내밀고 체신청에서 시키는 대로 말을 하였다.

서류를 보던 경찰관은 어허! 어린놈이 대단하네 하시며 빠른 시일 내에 처리할 테니 문산지서로 가서 부탁을 하고 교우관계인 친구들에게도 미리 부탁을 해놓으라고 일러주었다. 나는 감사하다. 고맙다. 똑같은 인사말을 여러 차례하고 집으로 돌아왔다.

며칠 후면 공무원 교육원에 입교를 해야 되는 촉박한 일정으로 그동안 정들었던 우체국에 떠나는 인사를 하였다. 나는 며칠 동안 꿈에서 덜 깨어난 사람처럼 분주한 시간을 보냈으며 교육을 받으러 가기 전에 은정이 생각이 났다.

나는 은정이에게 전화를 했다. 은정이는 소문을 들어서 알고 있다고 하며 축하한다고 말하며 교육을 잘 받고 오라는 말을 하였다.

1974년 10월 20일 부산에 있는 체신공무원 교육원에 입교하여 4주간의 교육을 마치고 부산에 있던 친구들을 만나서 회포를 풀고 이튿날 문산의 집으로 돌아온 그날 오후에 체신청에서 온 등기우편물을 받았다. 11월 21일자로 부산 전신전화 건설국으로 발령이 났으며 하루 전날 방문하라는 안내문이 있었다. 이틀 남은 시간이라 부산에서 지낼 준비가 바빴고 당황되기도 하였다.

11월 20일 어머니가 챙겨주는 가방을 들고 부산건설국 서무과로 갔다. 전천주 서무계장님은 나를 보고 반기며 당해 연도 시험 보고 교육 받고 발령 받는 사람은 처음 본다며 그것도 하반기 어허참! 하면서 청에서 연락을 받았다며 나를 보고하고 싶은 일과 부서가 있는지 물었다. 나는 아직 잘 모른다고 하며 시키는 대로 하겠다고 했다. 서무계장님은 기술부서와 협의한다고 하시며 오후 1시에 다시 오라고 하였다.

나는 가까운 곳에서 점심을 먹고 다시 계장님의 사무실로 가서 커피를 마시고 있었는데 계장님은 토목계로 발령되었으니 국장님께 선서하는 연습을 시키셨다.

나는 오후 3시쯤에 국장님 앞에 서서 국가에 충성하고 국민에 봉사한다는 선서를 하고 임명장을 받았다. 계장님의 안내로 토목계로 가서 직원들께 인사를 하고 제일 끝자리에 신입 배정 받았다. 그리고 토목계 주임님의 설명으로 내일부터 할 일과 업무와 관련된 규정집, 각종 문서철 등 많은 지도를 받았다.

내일부터 정상근무 할 수 있도록 일찍 퇴근하라는 토목계장님의 말씀에 나는 건설국을 나와 우선 중앙시장 금옥당에서 일하는 종석이를 찾아갔다. 종석이는 나를 반기며 자기가 자취하는 방에서 같이 지내면서 주변의 하숙집을 알아보자고 하여 나는 가방을 내려놓고 종석이 의견을 따랐다.

다음날 출근하여 주임님의 안내로 해운대에 있는 철근, 합판, 목재 창고를 보고 열쇠와 물품수불 관리에 대한 설명을 들었다.

다음은 범일동에 있는 야적장에 있는 PVC관, 흄관, 모래, 자갈과 창고에 있는 시멘트를 관리하는 설명을 듣고 당분간 같이 다니면서 관급으로 시공하는 토목공사에 시공사를 관리감독하고 관급 자재를 보급하는 일을 하면 된다며 친절하고 상세하게 가르쳐 주셨다. 건설국에서 발주한 부산시내에 있는 통신구, 맨홀, 관로 구조물을 설치하는 공사였다.

사무실로 돌아와서 주요 공정별 산출근거, 일위대가 표준품샘, 관계규정은 처음 맡아보는 일로서 주임님은 당황하는 나를 보고 앞으로 단계적으로 배우고 우선 창고와 야적장에 있는 자재를 시공자의 필요가 있을 때마다 적합한 수량을 지급하고 현장에서 규격과 자재 쓰임을 관리 감독하라고 하시며 특히 안전관리 시멘트 포대 반납 등을 당부하셨다.

다음날 아침에 사무실에서 낯선 두 사람이 나에게 인사를 했다. 시공업체 사장과 현장대리인이라는 사람은 앞으로 잘 부탁한다며 나를 태우고 공사현장을 안내했다. 그리고 신임자인 나를 주사님 하면서 의논할 일이 있다며 다방으로 안내하였다.

현장대리인은 나를 보고 관례적으로 저희들이 자재가 필요할 때만 찾을 테니 다방이나 극장에서 시간을 보내시면 된다고 하였다. 나는 현장에서 지켜보며 필요한 자재가 있으면 같이 가서 반출하여 주겠다고 하였으나 대리인은 봉투를 내밀어 식사비로 매일 챙겨준다며 부담 갖지 말라고 하였다. 나는 거절하였으나 기꺼이 주머니에 넣어주고 두 사람은 다방을 나갔다.

나는 사무실로 돌아와 주임님께 사실을 보고했다. 주임은 웃으시며 모든 것은 자기가 알아서 처리할 테니 주는 대로 받아쓰고 당일 자재수불 수량을 정확하게 기록하고 시멘트 빈 포대는 20개로 묶어 반납 받으라 하시며 나무 도장 하나 준비해서 자기에게 주면은 된다고 하셨다.

당시로서는 나에게 주임님의 말씀이 법이었다. 그리고 매일 출근하면 은 삼천 원씩 어떤 때는 오천 원을 주어서 나는 좋으면서도 한편으로 겁이 났다.

나의 출근이 일주일 정도 지나서 종석이 자취방에서 가까운 부산진구 보건소 옆에 하숙집을 정하여 그곳으로 갔다. 나의 하숙집 앞 다른 하숙집에는 건설국에 근무하는 용태와 초량전화국에 근무하던 유근상이라 는 또래의 친구가 있어서 쉬는 날이면 친구의 하숙집에 모여 기타를 잘 치는 근상이의 음률에 노래를 부르고 가끔씩 서면의 학사주점을 찾아가 흥청거리는 날도 있었다.

그렇게 지낸 1974년 12월 25일은 나의 첫 월급으로 2만7천 원, 11월 21자 발령으로 10일 정도의 급여가 합산되어 3만5천 원을 받았다.

나는 눈이 휘둥그레졌다. 그동안 일하면서 제일 큰돈을 받아서 감격했고 광복동으로 놀러가자는 친구들을 뿌리치고 하숙집으로 달려와서 그동안 모아둔 돈을 꺼내어 합쳐서 몇 번을 세고 또 세어 보았는지 모른다.

그날 밤 잠자리에 누워 우체국 시절 1,500원부터 7,000원을 받았던 것을 생각하며 지금 내가 가지고 있는 돈을 보고 어머니 모습이 떠올라 잠을 잘 수 없었다. 지금까지 살아온 나의 생활에 큰 보람을 느꼈던 시점이라 오래도록 기억하고 있다.

이런 직장생활의 연속으로 두 번의 월급을 받고 1975년 새해에 설날이 되어 나는 그동안 모아둔 돈을 가지고 고향으로 내려갔다. 어머니를 만나서 12만 원을 드리고 어머니, 큰누나, 큰형수의 속옷과 털실로 짠 윗도리, 조카들의 운동화, 축구공, 가방을 풀었다. 천수 형님도 기뻐하셨고 그동안 원수처럼 지냈던 큰형님 형수는 미안한 기색을 보였다.

설날에 만난 친척들과 이웃은 나를 반겨 칭찬하여 주었고, 친구들과 동창들은 고등학교 3학년을 다녀야 할 나이에 국가공무원이 되어 대견하다고 부러워했다.

나는 설 명절을 보내는 동안 고향의 품이 따뜻했고 어머니 곁에 누워 그동안 살아온 이야기를 하면서 어머니 손을 잡고 포근한 잠을 잤다. 달콤한 시간을 보낸 다음 부산으로 올라와 예전처럼 직장을 다녔으며 그러던 어느 날 하숙집 주인 딸이 저녁상을 차려 와서 내 옆에 앉아 저녁을 먹고 나면 다방에 가서 같이 차 한잔을 하자고 하였다. 나는 웬일이지 하면서 그녀를 따라갔다.

그녀는 커피를 마시면서 말수 씨는 공무원이라던데 무슨 일을 하느냐고 물었다. 나는 사실대로 건설국 토목계 근무한다고 말했다. 그녀는 엄마한테 조금 들었다며 아버지가 하숙집이 오래되어 수리를 생각하고 있어서 자재를 좀 얻을 수 있도록 부탁을 하였다. 나는 아무 생각 없이 그렇게 하여 주겠다고 답했다.

다음날 출근하여 시공업자에게 나의 하숙집에 시멘트, 모래를 조금과 합판 몇 장정도 실어주라고 지시하였다. 나중에 알게 되었지만 하숙집 주인은 집을 수리하는 계획에서 반쯤 새로 짓는 수준까지 자재를 요구하여 그 일로 나는 시공업자에게 약점으로 잡혀 공사 관련 자재수불시마다 하숙집을 들먹이며 많은 수량을 요구하였으며 시멘트 포대도 반납하지 않을 때가 있었다.

3월이 되어 하숙집에서는 수리로 인하여 임시로 다른 곳에서 지내다가 돌아오라는 말을 하여 나는 상황을 판단하여 본 결과 언제 끝날지 모르는 공사와 속았다는 마음에 더 이상 머물 수 없다고 생각하여 건설국과 가까운 초량동으로 하숙집을 옮겼다.

1975년의 공직사회에서는 서정쇄신이라는 바람이 불었다. 서정쇄신의 근본적 취지는 단일호봉제에서 연가호봉제로 급여체계가 바뀌는 제도로 그때까지 모든 공직자들은 근속기간과 관계없이 직급의 상, 하에 따라 기본급여가 상당 차이 나는 것으로 장기근속을 해도 상급자와의 급여격차가 큰 실정으로 공직에서 하위직급으로 오래 동안 근무한 사람들의 부양가족 생활비와 자녀들의 학비가 많이 필요한 현실이므로 생계와 자녀들을 생각하여 공직자의 본분을 떠나 부정행위를 통하여 수입을 충족시키는 사례가 만연한 시대였다.

이를 바로 잡기위한 방법으로 기존의 보수 제도를 개선하여 실질적으로 부양가족이 많은 장기근속자를 현실 보전하는 차원으로 연가호봉제를 실시하여 부정행위를 근절시킴으로써 공직사회 질서를 확립하고 국민을 위해 봉사하는 정립성을 마련하는 제도였다.

1975년 3월 23일 청와대에서 발대식을 가지고 3월 26일 전 부처에서 동시 발대식을 하였으며 그 후로 공직기강을 엄중 다스리는 역사적 대전환의 방안이었다.

이를 즈음 내가 근무하던 건설국에서도 발대식을 가지고 선서하여 공직자로서 면모를 가졌다. 그리고 일부 자체 인사이동이 생겨서 나는 토목계에서 전람계로 자리를 옮기게 되었다.

임용된 지 얼마 되지 않은 기간에 또 다른 업무는 나에게 많은 어려움이 있었고 사무실에서 2주 정도 지나서 계장님은 현장에서 경험하여 기술을 익히도록 권유하였다.

다음날 나는 부산역 옆 시외국 건물과 붙어 있는 케이블 하치장으로 출근하였고 그날로 고생길이 시작되었다. 새로 옮긴 하숙집은 하숙하는 사람들과 방만 쓰고 잠자는 사람들로 항상 주변 환경이 분주하였으며 어느 일요일에는 이모들이 내 방으로 와서 먹다가 남은 양주와 양담배를 주며 같이 놀자고 하여 나는 담배를 피우지 못한다고 말하자 안주를 사라고 하여 같이 술자리를 하였다.

그러던 어느 날 나이 많은 이모가 술을 많이 먹고 나를 보며 세상물정 모르는 순진한 총각이라며 나의 옷을 벗기고 이상한 장난을 시도하였다. 그때 내 내이 스무 살이었고 갑작스러운 행동에 감당하기 힘든 일로 나는 방문을 열고 거리로 뛰어 나왔다.

평소 낮에 보았던 초량동 텍사스 골목은 밤의 불빛 속에 백인, 흑인이 섞인 미국의 위락가였다. 그때 처음 말로만 듣던 텍사스 거리와 양공주 이모들의 현실을 알게 되었다.

항공모함의 구축함이 부산항에 들어오면 텍사스 거리는 불빛 찬란한 모습으로 변하고 미군들이 없는 시기에는 시들은 거리로 이모들도 시들은 삶을 지내는 하루살이 같았다.

나는 그 길로 같이 근무하던 성현이를 찾아가 의논하여 영주터널 옆에서 둘이서 자취생활을 하게 되었다. 생각해보면 나는 지방의 촌놈으로 부산이란 도시에 휘황찬란한 불빛에는 익숙지 않았던 것 같다.

전람계에서 알게 된 진건, 용태, 대수, 범수 같은 또래의 총각 망나니들은 하루의 일을 마치면 진주식당에 모여 세상을 풍자하고 상관들을 안주 삼아 씹다가 2차로 광복동 서면 등으로 뭉쳐 다니며 학사주점을 단골로 담배연기와 음악소리에 우리들의 젊음을 노래하고 혈기를 뿜어내는 밤의 전사와도 같았다.

아마도 뭉쳐 다니던 녀석들이 스물두 살로 군대를 가야 하는 나이라서 아무 생각 없이 즐겼는지도 모른다. 어떤 때에는 사무실에 있던 야간 통행증을 가지고 다니면서 통금시간에도 거리를 활보하였고 새벽까지 모여 놀다가 아침에 출근하기도 하였다. 그 당시에는 소방차, 통신차량이 빨간색으로 긴급업무를 수행하는 기관으로 부산경찰국에서 야간통행증이 발급되었다. 우리는 철부지로 간이 큰 놈들이었다. 부산에서 정신없이 생활하는 동안 나는 잠시 고향에 계신 어머니와 은정이를 잊고 있었다.

영주동 자취집으로 가는 중간에 영주시장 칼국수집이 있었고 성현이와 나는 가끔 칼국수로 저녁을 해결했다. 양푼이에 담아주는 칼국수는 보통이 70원 계란 한 개 넣으면 90원 그기에 곱빼기는 120원이었다. 밥하기 싫은 우리는 안성맞춤의 메뉴다. 영주동 자취방에는 양은냄비 2개, 그릇 2개, 수저 2개, 마가린과 양조간장이 전부다.

일요일이면 자취집 주인 딸이 해결하여 준다. 연산동에 있는 브나엘여고 2학년인데 자기 집에 있는 모든 음식을 가지고 노크도 없이 들어온다. 우리는 세수도 하지 않은 상태로 마구 먹고 나서 세수를 한다.

연지는 성격이 활발하여 우리에게 친구처럼 야, 자 하며 지낸다. 매일 운동화를 곱쳐 신고 껌을 딱딱 소리 내서 씹으며 다닌다고 주인아주머니에게 야단을 맞는다.

한해를 재수했다는 연지는 어느 날 우리 방에서 술을 같이 먹다가 아주머니에게 머리채를 잡혀 끌려 나갔다. 그리고 아주머니는 딸의 장래를 염려하여 우리에게 협조를 말하여 성현이와 나는 연지 몰래 이사를 했다. 그리하여 나는 같이 근무하던 상호와 뜻을 같이하여 용태가 하숙집에서 만난 아가씨와 연산동에서 살림을 하는 집 근처 동생이 군대를 가서 방 하나가 비어 있던 집을 소개받아 두 명이 하숙을 하기로 정하고 들어갔다.

하숙집 주인은 충남 금산 사람으로 노부모를 모시며 살았고 동래에 있는 동해중학교 선생님이었으며 밤늦게 들어오는 우리를 사모님이 기다렸다가 밥상을 차려주었다.

우리는 너무 미안해서 저녁을 먹고 왔다 해도 아저씨가 대학시절에 밥을 제때 먹지 못하여 위장병이 생겼다며 지금의 총각들을 걱정한다고 아무 부담 갖지 말라 하셨다.

상호와 나는 밤 12시가 넘어서 담장을 넘고 현관을 기어서 방에 들어갈 때도 어김없이 사모님의 밥상은 들어온다. 불을 끄고 잠을 자는 척해도 소용없다.

건설국 김석천 계장님은 중계 케이블 공사가 끝나면 전송로 손실치와 저항값 임피던스 특성 등 다양한 측정을 우리에게 가르치고 기술향상을 위한 숙제로 그래프 작성과 측정치 값을 연산 계산하는 일을 시킨다.

일요일이면 하숙집에서 하루 종일 꼼짝없이 밤을 세워가며 일을 했다. 그럴 때면 사모님은 금산 인삼뿌리를 반찬으로 만들어 주고 간식도 챙겨 주었다.

그동안 잊고 지냈던 유·무선공학, 전자공학에서 배운 예전의 지식은 나에게 많은 도움을 주었고 그럴 때면 친구들과 어울려 노는 시간이 없었다. 그런 시간이 흐르는 동안 상호와 나는 의논하여 통근거리도 멀고 더 이상 하숙집의 배려에 부담이 되어 선생님과 사모님에게 그동안의 감사인사를 드리고 나는 예전에 용태, 건상이가 있던 하숙집으로 갔다.

내가 처음 하숙했던 집은 새집같이 단정하였으며 지난겨울 하숙집에서 있었던 일이 생각났다. 익숙지 않은 도시생활에 공허한 마음을 달래기 위해 해운대 백사장을 가서 푸른 물결 위에 비치는 달빛을 보며 바다에서 불어오는 바람에 젊은 혈류를 식히면서 고향에 계신 어머니를 생각한 적이 있었다.

바닷가 모래사장에는 외투 깃을 세우고 거니는 연인들, 두 다리를 뻗고 사랑을 속삭이는 아베크족들 속에서 혼자 서 있던 나는 초라하다는 생각이 들어 동백섬에 비치하우스 색깔을 밝게 비추는 불빛을 찾아가서 그곳에서 장사하는 아주머니에게 술과 안주를 주문하여 시간을 보낸 적이 있었다.

그때에 한 가지뿐인 안주는 해삼, 멍게, 소라를 한 접시로 1,000원, 소주 한 병은 100원이었다. 술과 안주를 주고나면 아주머니는 차가운 바람을 맞으며 밖에서 손님이 갈 때까지 기다리곤 했다.

나는 혼자여서 아주머니와 같이 이야기를 나누면서 시간을 보냈고 아주머니의 사연은 영도에서 살았는데 남편은 고깃배를 타다가 사고가 발생하여 사망했고 자상했던 남편이 언젠가 돌아올 것만 같은 마음에 바다가 확 트이고 지평선이 보이는 이곳에서 장사를 하며 두 아들을 키우고 있다 하였다. 애처로운 사연을 들은 나는 아주머니와 같이 슬퍼하며 술잔을 나누었다.

그런 인연으로 나는 가끔씩 이곳을 찾았고 부산에 첫 발령 받아서 짧은 시간에 여러 곳으로 거처를 옮겨 다닌 허전함으로 해운대가 생각나서 영도 아주머니를 찾아갔다.

그날의 동백섬 포장마차는 그대로 있는데 내가 찾는 사람은 없었고 술과 바닷바람으로 그리움을 달랬다. 그리고 그날 이후로는 다시 찾아가지 않았다.

정신을 차리고 일상생활로 돌아간 나는 무엇이라도 배우고 싶은 생각으로 하치장에서 추레라가 달린 크레인을 운전하다가 사고를 냈다. 작동이 마음대로 되지 않아 무리하게 운전하다가 차문을 열고 내릴 수 없을 만큼 부서지는 사고였다.

나는 사무실로 가서 사실을 알리고 경위서, 시말서라는 것을 처음으로 써서 계장님께 드렸다. 계장님은 나를 보고 아직 시보기간도 지나지 않았는데 면허증도 없고 경험도 없는 놈이 경비실 차량 열쇠 보관함에서 마음대로 꺼내서 사용하였으니 차량수리비 변상하고 사직서 제출하라고 말씀하셨다.

나는 잘못하였다고 하였지만 소용이 없었으며 계장님은 사무실에서 나가라고 하셨다. 나는 누구하고도 의논할 수 있는 사람은 없었고 걱정이 되어 배움에 대한 의욕은 후회로 밀려 들었다. 하숙집 친구들의 위로는 귀에 들리지 않고 슬픔이 가득하여 친구 종석이를 만나서 고향 친구들의 소식을 듣고 고향의 이야기를 나누었다.

다음날 출근하여 계장님 앞으로 갔다. 계장님은 차량수리비가 너의 일

년치 월급이라시며 시골에 가서 논을 팔든지 밭을 팔든지 가족에게 의논하여 해결하라는 말을 듣고 사무실을 나와 보니 나는 갈 곳이 없었다.

부산역 앞에서 열차 시간표를 보며 망설이다가 조방 앞 시외버스터미널에서 진주로 가는 버스를 탔다. 나는 고향에 와서 어머니를 만났으나 말을 할 수 없었고 어머니와 하루 지내고 다음날 건설국에 출근하여 계장님에게 말씀드렸다.

시골에 계신 어머니는 아들이 출세하여 마을에서 이웃들과 함께 자랑스럽게 생각하고 있으며 이번 일을 알게 되면 쓰러질 것이다. 그리하여 직장은 그만둘 수 없고 수리비만큼 징역을 살리든지 나의 월급에서 분할 공제하여 달라고 사정하였다. 계장님과 직원들은 눈이 둥그레지며 모두들 나를 쳐다보았다. 나는 그 자리에서 무릎을 꿇고 그렇게 하여 달라고 애원하였다. 계장님은 야 이놈 봐라 하시며 밖으로 나가셨다. 한 시간 정도 지나서 사무실로 돌아온 계장님은 꿇어앉아 있는 나를 세워 오늘은 집으로 가고 내일 다시 출근하라고 했다.

나를 기다리던 친구들은 어떻게든 견뎌보라고 위로하며 내일의 결론에 기도했다. 하숙집으로 돌아온 나는 방에 누워 천장을 보며 많은 그림을 그렸다. 지난날 야망이 있던 나의 모습에서 지금의 처지가 너무도 부끄러웠고 견디기 힘든 자책이 밀려왔다.

하숙집 친구들이 통기타를 들고 와서 나를 위로했다. 그러나 아무 생각이 없었다.

제5화. 70년대의 학사주점과 젊음

심말수! 수석합격자답게 잘해보자! 하시며 나에게 기회와 용기를 준다고 하시며 나의 어깨를 툭툭 치셨다. 야호! 감사합니다. 고맙습니다. 잘하겠습니다.

그날 저녁에 친구들이 구름같이 모였다. 서면의 학사주점은 우리들 세상이었고 다함께 마시며 춤을 추었다.

다음날 출근하여 계장님에게로 갔다. 계장님은 간부회의를 마치고 나와서 나를 보고 야 심말수! 너한테 두 손 들었다. 과장님과 국장님께 사정을 말하고 차라리 내가 시말서를 썼다. 국장님이 받아서 내가 보는 앞에서 찢었다.

심말수! 수석합격자답게 잘해보자! 하시며 나에게 기회와 용기를 준다고 하시며 나의 어깨를 툭툭 치셨다. 야호! 감사합니다. 고맙습니다. 잘하겠습니다.

그날 저녁에 친구들이 구름같이 모였다. 서면의 학사주점은 우리들 세상이었고 다함께 마시며 춤을 추었다.

그때 한 친구가 자리에서 일어나 오늘은 야간통행증이 없다. 적당히 하고 내일 결근하면 안 된다 해서 우리는 통금시간 전에 하숙집으로 돌아왔다.

나의 직장생활에 한바탕 태풍이 지나가고 이럭저럭 지내는 동안 추석이 되어 나는 시골에 있는 어머니 곁으로 달려갔다. 나를 반기는 어머니에게 모아둔 돈을 주고 선물보따리를 풀어서 형수, 조카들 용돈까지 주는 멋진 삼촌이 되었다.

그동안 연락하지 못한 은정이를 만나기 위해 진성우체국에 전화를 하고 나는 자전거를 타고 예전에 다녔던 고개를 넘으면서 콧노래를 부르며 달려가 은정이를 만나 너무 기뻤다.

은정이는 나를 반기며 부산에서 있었던 일들을 물었다. 나는 은정이에게 부산에서 좋은 일만 말하고 나쁜 일은 숨겼다.

그리고 나는 은정이에게 말했다. 은정아! 나는 아직 나이가 어리고 군대도 다녀오지 않았으며 형님이 결혼하지 않은 점과 가정형편이 어려운 실정이라 우리 관계는 좀 뒤로 미루자고 했다.

은정이는 우리 집은 4대가 한 집에 살다보니 큰오빠의 조카딸이 나하고 나이 차이가 없어서 고모인 내가 하루 빨리 시집가기를 어른들은 바라고 있다. 지금 나이면 많은 것도 아닌데 우리 집 사정이 그렇다. 말수야! 너는 남자가 되어서 왜 용기가 없나. 이제 부산 가면 언제 만나게 되냐. 전화도 없으니 속상하다. 좀 잘 해 봐라고 하였다.

응! 무슨 수를 써 볼게 하고 나는 집으로 돌아와 추석 명절을 보내고 어머니와 형님에게 직장으로 간다는 인사를 하고 부산으로 왔다. 실로 언제나 은정이를 만나면 같이 놀다가 자기 집까지 바래다주고 돌아오는 것으로 보석보다 더 아끼는 나의 마음이었기에 사내구실을 못한 잘못도 있다.

나는 부산건설국에서 근무하면서 고향 진주로 가야겠다는 생각을 여러 번 생각하여 고참 주임님에게 물어보았다. 그 당시 추세로는 건설국으로 들어오는 것은 영전이고 지방 전화국으로 가는 것은 의사만 밝히면 신속하게 이루어진다고 하여 나는 용기 내어 계장님께 말씀드려 며칠 후 10월 26일자로 진주전화국으로 발령받았다. 처음에 선로과로 근무하게 되었고 어머니가 계신 집에서 출퇴근하였으며 마음이 편안하였다.

날씨가 쌀쌀할 즈음 은정이는 이곳저곳에 선을 보게 되었다며 어떻게 할 것인지 물었다. 나의 마음은 조급해졌지만 현실이 허락되지 않는다며 기다려 달라고 하였다.

그러던 어느 날 은정이는 진성농협에 근무하는 사람과 결혼이 굳어져 간다는 소식을 전하고 양가의 어른들이 서로 인사를 앞두고 있다 하여 나는 어쩔 줄을 몰랐다.

1975년 한해가 저물고 구정이 되기 전에 은정이는 결혼을 하였다. 은정이가 알려준 그날에 나는 하루 종일 울면서 예식장으로 달려가 은정이를 데리고 도망가려는 생각이 여러 번 있었지만 나는 용기 없는 남자로 몇 날을 울면서 지냈다.

후회해도 소용없는 나의 생각은 무슨 짓이라도 해보고 싶은 마음으로 어머니에게 거짓말을 하고 진주에 하숙생활을 시작했고 지난 시간만 애태우고 있었다.

시집간 은정이는 시아버지 잠옷을 사기 위해 진주로 온다는 연락이 와서 나는 은정이를 만났지만 가슴만 떨고 있었다.

은정이는 어머니가 있는 집으로 찾아가서 안타까운 마음을 이야기해서 어머니는 은정이에게 시집간 여자가 여기 오면은 안된다고 앞으로 오지 말라고 하셨지만 어머니도 은정이를 좋아하고 있었다. 그 후 은정이와 연락을 하지 않고 지내던 중 떡 공장을 하던 작은집 형님이 진성 여자와 결혼하여 알고 보니 은정이의 친구였다. 그때부터 작은집 형수는 나의 정보원이 되어 은정이의 소식을 전해주기로 하였다.

진주 근무하는 동안 나와 제일 친하게 지내던 형갑이는 사천 용현면에서 부모님이 농사를 짓고 계셨으며 진주에서 자취 생활을 하면서 직장을 다녔고 토요일 오후가 되면 시골로 가서 부모님의 농사를 도우는 효자이다.

형갑이와 나는 직장과 퇴근 후 시간을 80% 정도 붙어 다녔고 형갑이가 시내에 있는 미장원에 종사하는 아가씨들 모임 회원을 알고 있어 가끔씩 단체로 만나기도 하여 나도 그룹에 합세하여 1976년 어느 봄날에 우리는 남해 상주해수욕장에서 보리암으로 가는 등산을 하였다. 모임에 리더인 숙자는 언제나 밝은 웃음으로 우리들 앞에서 이끌어 나갔다.

산을 오르면서 힘들어하는 한 아가씨가 있어서 나는 맨 뒤로 빠지면서 그녀의 손을 잡고 산에 올랐다. 그녀는 봉곡동에 살고 있던 현순이로 어릴 때 사정에 따른 다리의 불편함이 약간 있었는데 그날 등산이 조금 힘들었던 것 같았다. 그날 현순이는 나에게 고마워했고 그날 하루는 나와 가까이 행동하였다.

나중에 알게 된 사실로 현순이 아버지는 교직에 계셨고 다리가 약간 불편한 딸을 위해 좋아하는 미용실을 차려주어 일하는 보람을 지원하고 딸의 행복을 기원하는 가족이었다.

그날 등산 후로 나를 좋아한다는 말을 한참 뒤에 전해 들었으며 그런 것도 모르고 나는 진주성 앞에 있는 신부미용실의 숙자를 좋아하고 매일 아침 진주성 안에 있는 배드민턴장을 나가서 숙자와 같이 공원을 나오는 사람들이 모여 배드민턴을 치는 것이 나의 하루일과 시작이 되었고 가끔씩 하는 전화와 공원에서 만나는 즐거움이 있었던 총각시절의 한 페이지를 엮어갔다.

진주전화국에서 근무하던 중 시간외수당, 위험수당 문제로 담당자, 계장, 과장, 노조지부장에게 실질적으로 지급되어야 한다는 건의를 하여 논란이 되었다.

사무실에서 근무하고 현장의 고참에게는 A급으로 지급하고 현장에서 위험을 감수하고 늦게까지 일하는 직원에게는 C급으로 지급하는 것을 부당한 이유로 제기하였다.

당시의 보수제도 중 수당을 실적급으로 매월 청구하는 방법에서 등급 분류, 수당 청구 시간 차이가 모순된 점으로 수년간 이어져오고 있던 것을 심말수라는 풋내기 직원이 부당하다고 주장하며 현실적으로 반영하여달라는 주장을 담당자, 계장, 과장, 노조지부장에게 절차를 거쳐 주장하였으나 이를 무시하여 월례 조회시간에 전 직원이 모인 자리에서 문명진 국장님에게 3회에 걸쳐 건의하였으나 이에 아무런 반응이 없어서 박원근 장관님에게 내용증명으로 질의를 하게 되었다.

그런 후로 며칠이 지나서 장관님 비서실에서 전화로 심말수 너 죽을라고 환장했나 하시며 감히 일개 하위 직원이 어디에다 내용증명을 보내냐며 호통을 치셨다.

예, 저는 환장을 한 것이 아니고 담당자부터 단계적으로 절차를 거쳐서 나의 소견을 제시하였으나 이를 무시하고 아무런 설명이 없었으며 건방지다는 말로 일관하여 장관님에게 호소하는 것이라고 하였다.

전화를 받고나서 계장님은 나를 불러 나무라시고 과장님과 국장님도 나를 불러 물었다. 나의 대답은 일관된 내용으로 변함이 없었다. 당시 교환원을 하고 있던 사촌누나는 나를 찾아와서 큰일 났다고 말하며 서울에서 감사원이 오면 두 달 정도 부당한 수당을 받았다고 말하고 자술서를 쓰라고 했다. 나는 누나를 안정시키고 급여 담당자에게 이유를 물어 보니 윗사람들과 의논한 결과 감사 제출 자료를 그 정도로 맞추고 있으니 협조해 달라고 했다.

어느새 소문이 퍼져 하위직과 현장 종사자들은 몇 년 치를 소급하여 받아야 된다고 주장했다. 그리고 며칠 후 체신부 감사실에서 전화도 오고 장관님의 답변 우편물도 받았다.

며칠이 지나서 감사실 직원과 노동조합 중앙본부의 간부들이 진주국에 도착하여 감사를 시작하고 나는 사촌누나의 말을 거절할 수 없어서 감사원에게 처벌을 원하는 것이 아니라 지금부터라도 개선되기를 바란다고 하였다.

그렇게 하여 그 달부터 현실에 맞는 수당이 지급되고 관보에 게재하여 개선방안을 전국적으로 확산시켜 시행함으로써 나는 나이는 어리지만 용기 있는 노동조합원으로 인정받았다.

그 후 봉급 담무자는 감봉 1월, 계장은 견책징계를 받았다고 하여 나는 처음부터 처벌을 원하지 않았으며 고질적인 체계를 개선하여 현실적으로 정당한 보수책정을 바란다고 하였다.

나이 많은 선배들을 보며 고생하면서 말을 못하는 현실이 안타까웠고 누군가 반드시 해야 될 일을 내가 해서 오랫동안 묵어온 고질병을 치료했다는 생각으로 동료, 선배님들 앞에서 당당하게 말씀드렸다.

그런 일이 있고 나서 한 달쯤 지나서 지도계 업무와 병행하여 사설구내

교환시설(PBX)점검과 신규가입전화 승낙대상자 현장실사업무를 맡았다.

학교, 관공서, 여관 등 사설교환시설이 있는 곳의 근무자 자격증 소지 여부 시설, 실내 환경 적격여부 점검을 나가면 80% 정도는 위반으로 나는 접대를 받는 일이 많았고 신규가입전화 승낙대상자 현장실사는 3년 이상 기다려 온 가입자들에게는 매우 반가운 사람으로 그때의 나는 제법 잘나가는 전화국 총각이었다.

형갑이와 나는 여관에 가서 공짜로 주는 맥주를 먹고 잠을 잘 때도 몇 번 있었고 진주 남강 다리 밑에 있는 장어구이도 얻어먹었다. 어찌 보면 나도 철부지로 위반되는 대접을 받으면서도 무식이 용감한 것인지 착각하는 시간 속에 지나간 한때의 추억이 되었다.

현장실사를 나가던 어느 날 숙자의 집이 서류 한 장에 포함되어 나는 깜짝 놀랐다. 숙자의 집은 여관과 함께 미용실이 붙어 있었고 어머니를 모시고 언니가 운영하였다.

나는 여관을 방문하여 숙자 언니에게 가입전화신청 사실여부 주민증 확인을 마치고 집을 나왔다. 숙자 언니는 달려와서 나를 세우며 커피 한 잔 하면서 물어볼 것이 있다 하여 나를 데리고 집으로 들어갔다.

숙자언니는 커피와 과일을 가져와서 나에게 권하면서 주사님! 이번에 꼭 승낙하여 청색전화 한 대 달아주셔요 하면서 나를 쳐다보더니 봉투 하나를 서류봉투 안으로 넣었다. 나는 봉투를 돌려주면서 잘 될 겁니다 하고 집을 나왔다.

다음날 아침에 공원에 나가서 숙자와 배드민턴을 치면서 어제 언니를 만난 사실을 애기했다. 그리고 며칠 후 숙자와 나는 진양호 밑 장어집으로 가서 장어를 맛있게 먹고 진양호에서 놀다가 헤어졌다.

하숙집에서 심심하고 답답하여 나는 숙자 언니가 운영하는 여관으로 갔다. 어서 오셔요 하며 나오는 숙자 언니에게 나는 방 하나 주세요 말하고 언니는 어머! 어떡해. 주무시고 갈 거예요? 하여 나는 예. 얼마입니까? 하고 방을 하나 안내받았다.

잠시 후 숙박부를 들고 들어온 숙자가 어미야! 하며 어찌된 일이냐고 물으면서 왜 하숙집으로 가지 않고 여기로 왔느냐고 하면서 당황스러운 표정을 지었다.

나는 숙자에게 어떻게 알고 숙박부를 가져왔는지 물었다. 숙자는 미장원 일이 끝나면 언니가 하는 여관 일을 돕는 것이 일상생활이라며 여기는 우리가 사는 집이라고 했다. 그리고 기다리라고 하면서 잠시 나가서 커피와 과일을 가져왔다.

둘이 이불 밑에 발을 묻고 이런저런 이야기를 나누고 있는데 갑자기 큰소리로 숙자야! 너, 미쳤나 손님방에서 뭐하노! 숙자는 언니 그게 아니고 배드민턴 회원이라 잠깐 이야기 했다. 언니는 아니긴 뭐가 아니야 그러면 진작 소개를 시켜주었으면 언니가 어련히 알아서 할 것 아니냐 언니의 성화에 숙자는 망아지처럼 언니를 따라갔다.

나는 정신이 멍하여 한참동안 앉아 있었다. 시간이 조금 지나서 숙자가 다시 와서 이런저런 말들을 늘어놓았다. 나는 숙자의 손을 잡았다. 숙자는 언니가 밖에서 다 듣고 있어서 내일 아침에 공원에서 만나자고 하면서 방을 나갔다.

다음날 아침에 숙자는 아침밥을 먹고 가라하였지만 나는 공원에도 가지 않고 직장으로 출근했다. 그러고는 예전처럼 형갑이와 어울려 생활하다가 하숙집을 정리하고 어머니 곁으로 돌아갔다.

한동안 잊고 지냈던 지난날의 향수를 찾아 고향친구들과 영천강으로 가서 물고기도 잡고 오랜만의 고향의 푸근함을 맛보는 시간이 되었으며 가끔씩 일요일이면 사천 용현으로 가서 형갑이와 같이 지내다가 월요일에 진주로 출근하는 경우가 있었다. 그러던 어느 날 노조지부장을 하던 최보경 형님이 나를 찾아서 나는 노조사무실로 가서 지부장 형님과 마주하였는데 형님의 얼굴이 굳어 있었다. 나는 궁금하여 형님에게 무슨 일이 있느냐고 물었다.

보경 형님은 이번에 정원 조정으로 인하여 인사이동이 있는데 지난번 감사받은 사건 때문에 너의 이름이 거론된다고 하였다. 현재로서는 거창과 마산 두 곳 중에 네가 먼저 선택하는 대로 다른 사람을 조정하려는데 너의 생각은 어떻냐고 물었다. 나는 순간 판단하여 기왕이면 시골보다는 큰 도시가 낫겠지요 하면서 보경 형님! 너무 염려하지 마셔요. 내가 마산 가지요 말하고 노동조합 활동에 대하여 대화를 나누고 노조사무실을 나왔다.

퇴근하여 형갑이를 만나서 그동안의 우정을 다지며 계동 실비집에서 맥주 한 상자를 비웠다.

다음날 출근하여 근무를 하였지만 마음은 이미 떠나서 공중에 떠 있었고 집으로 돌아온 나는 어머니와 형님에게 상황을 말씀드렸다. 어머니는 객지로 나가면 고생이 된다며 먹고 잠자는 것을 걱정하여 나에게 여러 가지를 일러 주었다.

1976년 10월 26일자로 마산국으로 발령이 났다. 서성동 전화국 인근 여관에 임시 숙소를 정하고 마산국에 첫 출근하여 신고를 하고 선로과 시험계 사무실에서 가입자 시설이력카드 정리 업무를 10여 일간 일을 하다가 시내에 전주건식 공사감독을 하고 있던 전영호 형님을 따라 현장 지리를 익히라고 하여 다음날부터 현장을 나갔다. 영호 형님은 하루에 막걸리를 한 말씩 먹는 사람으로 고향이 진주라서 나에게는 참 잘해주었다.

그렇게 하여 마산국의 낯선 분위기를 익혀가던 중 11월 말경에 3년 이상 적체되었던 신규전화 승낙이 되어 연말을 앞두고 하루 빨리 개통해야 되는 일이 생겨서 공사업체의 공사감독을 맡게 되었다.

전례로 본다면 고참들이 해오던 것을 그 당시는 젊은 기술직 몇 명이 선발되어 감독을 맡았고 발령받아온 지 얼마 되지 않은 나는 시내의 지리와 시설면에서 파악하기 어려운 상황이었지만 마산상권이 집결된 창동, 부림동, 중성동, 상남동 지역을 맡았으며 업체의 기술자들은 베테랑

들만 나에게 배치되었다.

그중에서 김한겸이라는 사람은 보성전화사의 사장이었는데 상가지역 사장님들과도 친숙한 관계로 그 당시 3년 이상 기다려온 가입자들에게 새로 나온 분홍색, 황미색 다이얼식 전화기는 폭발적인 인기로 한겸 형님은 음료수 값으로 집집마다 받았고 설치 완료, 신분증 확인 등으로 공사명령서에 도장을 받던 나를 보좌하여 가는 곳마다 안내하였으며 하루 공사가 끝나면 달력, 담배, 돈을 나에게 주면서 그날의 작업을 보고 하였다.

나는 그때마다 일하는 사람들의 식사와 술값, 담배를 한겸 형님에게 주어서 해결하였으며 경우 바른 형님의 용돈은 별도로 주었다.

신규개통공사 진행은 매일 결산하고 다른 지역 감독자들과 상호 협의하여 하루의 물량을 조절해 나갔으며 적체 건수가 많았던 당시의 신규개통은 연도 이월되어 2월에 끝이 났다.

내가 마산국에 전입하여 2주쯤 되었을 때 부산대양공고 3학년으로 실습차 현장 일용인부로 일하던 일곤이는 고향이 거제도로 홀어머니가 공부시켜 마산 석전동 누나 집에서 일하러 다녔으며 여관에서 잠을 자고 출근하는 나에게 자기가 출퇴근하면서 보니까 누나 집 부근에 새집으로 잠자는 방이 나와 있다며 나를 그곳으로 안내하여 나는 셋방을 계약하고 출퇴근하였으며 아침저녁은 전화국 앞 명성식당에서 점심은 발길 닿은 대로 나그네식당에서 해결하였다.

당시 눈먼 돈이 많이 생기던 나는 친절하고 나를 따르는 일곤 동생에게 용돈을 챙겨주었다. 좋은 인연으로 오래도록 형님 아우로 지냈으며 일곤이는 정식 직원이 되어 고향에 계신 어머니를 모시는 효자이기도 하였다.

그러던 중 어느 날 진주에 있던 형갑이에게 며칠 후 진해 해병대 훈련소에 입대한다는 연락이 왔다. 나는 형갑이에게 하루 전날 와서 같이 지내다가 입소날 시간 맞추어 가자고 하여 형갑이는 나를 찾아와서 나는 연가를 내고 마산 시내를 같이 누비고 다녔으며 저녁에는 마산 창동의 안방술집에서 우정을 타서 마음껏 마셨다. 그리고 다음날 형갑이와 같이 진해 탑산을 올라 멀리 진해만을 보며 우리는 할 수 있다! 라고 소리쳤다.

산을 내려와 교육대 앞 이발관에서 머리를 깎고 형갑이는 나의 손을 잡고 말수야! 갔다 올게 그동안 잘 있어라. 갑이는 손을 흔들며 씩씩한 모습으로 교육대 안으로 들어갔다. 그리고 6주간의 교육이 끝나고 시골에 계신 부모님이 음식을 준비하여 진해 신병교육대에 나와 같이 들어갔다.

형갑이는 훈련 받느라 새까맣게 타서 눈이 동그랗게 하여 어머니가 준비해간 음식을 허겁지겁 먹고 그동안 힘들었던 이야기보따리를 풀어놓았다.

어느새 헤어져야 할 시간이 되어 어머니는 눈물을 흘리시며 몸조심하거라 하면서 갑이의 얼굴을 만지며 안타까운 모습을 보여 나는 부모님을 모시고 손을 흔들며 교육대를 나왔다.

마산으로 발령 받아와서 가장 가까이 지냈던 대구, 경북의 능금회원들과 또 내 또래의 곰돌이 친구들로 그때 친목회원을 결성하여 지금까지 잘 지내고 있다. 정신없이 지낸 1976년 말과 1977년 초 사이는 나의 인생에 중요한 시점이었다.

직장에 출근하지 않는 일요일에는 늦잠을 잦고 그런 나를 안쓰럽게 생각하여 집주인아주머니는 간단한 밥과 국, 김치로 총각 이것 좀 먹고 정신 차려 하면서 나의 방문을 두드렸고 성격이 털털한 주인아주머니의 고마운 인정이 나와 친숙한 사이로 대화할 수 있어서 내가 없는 낮에는 이웃아주머니들이 모여 춤도 추고 화투놀이도 하는 방으로 사용하였으며 아주머니를 따라 또박 걸음을 하던 딸 윤순이는 나의 이불에 오줌을 싸는 아이로 나만 보면 눈치만 살피는 날이 많았다.

내가 잠자던 방은 부엌 하나에 연탄불 아궁이가 둘이고 마주보는 방에는 밀양 초동면에서 온 두 자매가 살고 있었으며 한일합성공장을 다니며 야간에는 한일여고를 다녀 언니 윤희는 졸업하고 윤자는 2학년으로 알뜰한 처녀들이었다.

매일같이 연탄불이 켜져 번개탄으로 냉방을 해결하던 나는 하루에 연탄 두 장으로 한 달에 60장을 사놓으면 책임지고 갈아주는 조건으로 연탄불을 두 자매가 마음대로 쓰는 약속을 하여 서로가 좋았다.

알뜰한 자매는 속옷을 삶아서 빨래하던 시절이라 석유곤로는 아껴 쓰고 양쪽 아궁이를 다 쓸 수 있어 좋았고 나는 온방을 유지할 수 있어 좋았다. 아주 중요한 것은 내 방에 불이 꺼지면 자매들 방에서 난방이 해결되기를 기다렸다.

자매는 삼교대로 한 주는 언니만 있고 또 한 주는 동생이 있고 세 번째 주에는 두 자매가 같이 있는 생활로 가끔 연탄불이 꺼진 날이면 자매들 방에서 라면도 같이 먹고 장난도 치는 때가 있었다.

윤희, 윤자는 겨울방학 때 시골에 있는 남자동생을 마산 누나들 집으로 데리고 왔다. 똘망한 아이는 국민학교 4학년으로 나의 어린 시절이 생각나서 자매들과 함께 창동에 있는 대진루로 데리고 가서 원탁 테이블에 짜장면, 탕수육, 만두를 시켜주고 가까운 극장에서 영화구경을 마치고 문구점에서 갖고 싶은 것과 용돈을 주었다. 그런 후로 한 부엌 두 집 생활은 한층 원활한 유대가 이루어져서 라면 정도에서 된장찌개로 발전되었다.

그해 설날 며칠 전에 두 자매는 자기들 고향에 놀러오라고 하여 나는 설날에 고향에서 차례를 마치고 큰누나의 딸인 두 조카를 데리고 밀양 초동면 외송리로 출발했다. 설날이라 밀양 수산에서 초동면으로 가는 버스가 없어 조카와 나는 수산에서 초동면 외송리 방향을 걸었다.

승용차, 화물차가 지날 때면 두 조카딸은 손을 들고 차를 세워 삼촌! 하고 나를 부르면 서있던 차들은 다시 출발하여 승차할 수 없었다. 그렇게 하여 우리 일행은 다리가 붓고 물집이 생기고 둘째 조카딸의 신발끈이 떨어지고 해서 외송리 마을에 도착했을 때는 해가 저물었다.

마을 입구에서 주민들에게 윤희, 윤자 집을 물어 찾아갔다. 대문을 들어서는 순간 두 자매는 놀라며 얼굴이 붉어졌다. 본채 마루에서 방에 누워계신 할머니께 인사를 올리고 자매의 아버지는 우리들을 앉히고 술상을 주문하여 총각이 처녀 집을 찾아왔는데 처녀의 아버지로서 몇 가지 물어보겠다 하시며 이름, 나이, 부모형제, 학벌, 직장, 고향, 친척, 조상 등 두 시간이 지났다. 발에는 물집이 터져서 따갑고 다리는 저려오고 아래채와 마당에는 동네사람들이 모였다.

윤희는 아버지에게 그만 물어보라고 하였고 그제야 처녀의 아버지는 나를 보고 오늘은 시간이 늦었으니 아래채에서 저녁을 먹고 쉬었다가 내일 떠나라고 하셨다.

그날 밤 동네의 처녀총각들은 자매의 아래채 방에 다 모였다. 두 자매 중 누구와 어느 정도의 관계로 진행되었는지 묻고 앞으로의 계획과 시기를 물었다. 그날 저녁 시골 동동주, 대병 소주잔이 나에게 몰리면서 조카딸들은 삼촌을 구하기 위해 교대로 술잔을 받아 술상 밑으로 돌렸다.

밤은 깊어가고 마을에서 멍멍이 짖는 소리가 들리는데 언니 윤희는 나를 밖으로 불렀다. 마을 입구 정자나무 밑에서 윤희는 나를 보고 동네사람들이 모여서 총각이 처녀 집을 찾아와서 어른에게 인사를 올렸다고 소문이 나서 이제 어쩔 거냐고 물었다. 나는 너희 자매가 초청해서 조카들을 데리고 왔다고 하자 윤희는 울면서 집으로 뛰어갔다. 밤새도록 울음을 멈추지 않았을 윤희에게 미안했다.

날이 밝아 우리는 어른들께 인사를 드리고 초동면 외송리 마을을 떠났다. 그리고 명절이 지나서 석전동 잠자는 집에는 부엌으로 들어가지 않고 거실 마루 쪽으로 왕래했다. 며칠이 지나서 자매의 부모님이 마산의 딸집으로 와서 나를 불렀다.

나는 마음에 부담을 느꼈다. 그리고 나는 그녀의 아버지 앞에 갔다. 그녀의 아버지는 나를 보고 우리 딸이 배운 것도 부족하고 철없는 자식들이라 잘 보살펴주라고 말씀하셨다.

나는 눈앞이 캄캄하여 아무 말을 하지 못하고 방을 나왔다. 윤희는 여고를 졸업했고 나이도 나보다 한 살 많았다. 무엇이 부족하고 누가 철이 있고 없는 것인지 나는 한참동안 멍했다.

며칠 후 자매는 이사를 하였고 빈 방과 부엌을 보는 나의 마음은 한동안 너무 아팠다. 내가 처녀의 입장을 생각하지 못하고 장난처럼 찾아간 밀양 초동면 외송리. 그날의 일은 나에게 많은 교훈을 주었으며 그때의 상처받은 두 자매와 가족들에게 죄스러운 마음으로 살아가고 있다. 행여 이 글을 보게 되면 용서하여 주기를 바란다.

그런 일이 있은 후로 주인아주머니는 자기들이 쓰고 있는 부엌방으로 옮겨 쓰라고 하셨다. 내가 잠만 자고 나오는 생활로 일요일이 되면 늦게 식당을 찾아가는 나를 배려하여 주인아주머니는 나의 빨래와 아침을 가끔씩 챙겨주어서 나는 고마움을 대신하여 점심때엔 짜장면을 시켜 먹고 커피도 같이 하는 시간으로 이야기를 나누어 아저씨는 화물차 장거리 운전을 하여 3일 정도 한 번씩 집에 오는 편이라 나하고는 잘 만날 수 없다고 하였으며 거창시골에서 열여섯 살부터 올라온 시누이는 2층 다락방에서 잠자고 자유수출회사에 다닌다고 했다.

제6화. 인생의 반려자와의 첫 만남

그날의 황홀함은 지난날 애태웠던 기억들을 잊게 하였고 우리는 시간이 나는 대로 뜨거운 정을 나누었다. 순이는 내가 근무하던 마산국에 퇴근 시간을 맞추어 찾아오는 날이 많아서 직원들도 많이 알게 되었고 친구들과 같이 술자리에도 어울리게 되었다.

한참동안 모르게 지냈던 나는 1977년 초순에 아주머니가 소개시켜주어 알게 되었고 감색 원피스에 왼쪽 가슴 위에는 장미 한 송이가 수놓아져 있었으며 긴 머리로 열아홉 살 고운 처녀였다.

언제나 웃는 모습이 예뻤고 애교가 많았던 아가씨는 시간이 지나 나의 아내가 되었다.

시누이와 나를 맺어주고 싶었던 아주머니는 내가 시간이 나는 날이면 주변 지원군을 동원하여 분위기를 조성하고 내 방에 모여서 화투놀이도 하고 어시장 횟집도 같이 가서 먹을 때도 있었다.

마산의 양덕동, 율림동 이모들은 일주일에 한 번 정도 모여서 사교춤과 화투 놀이를 하며 낮에 비어 있는 자취방을 전용으로 사용하였으며 나의 중매 역할을 하였다.

  그 해 4월의 봄날에 어시장에서 유람선을 타고 돗섬을 놀러갔고 북마산 철길을 따라 나란히 걸었으며 5월에는 배를 타고 구실마을로 가서 바닷가에서 고동을 잡으며 파도에 옷을 적시는 일로 우리는 뜨거운 애정이 꽃피기 시작했다.

  그러던 5월 23일은 순이의 양력 생일로 우리는 서로 좋아 깊은 인연을 맺었다. 나는 그때까지 숙맥 총각으로 처음 경험한 스물두 살이었고, 순이는 아름답게 꽃피는 스무 살이었다. 그날의 황홀함은 지난날 애태웠던 기억들을 잊게 하였고 우리는 시간이 나는 대로 뜨거운 정을 나누었다.

  순이는 내가 근무하던 마산국에 퇴근 시간을 맞추어 찾아오는 날이 많아서 직원들도 많이 알게 되었고 친구들과 같이 술자리에도 어울리게 되었다.

  마산에서 생활하는 동안 우리는 여행을 다니는 날이 많았고 여름이면 강과 바다를 찾아 텐트를 치고 연가를 내어 동해안으로 지리산으로 많은 곳을 다녔다.

  시간은 흘러 초여름 일요일에 아주머니는 나에게 아침을 먹으라고 밥상을 차려주고 아저씨와 아주머니가 먹는 밥상을 차려갔다. 갑자기 와장창하는 소리가 들리고 집주인 부부가 다투는 소리가 들렸다.

이유는 세 들어 사는 총각 밥상을 먼저 차려주고 남편의 밥상을 뒤에 가져오는 것이 기분 나쁘다는 아저씨의 말에 아주머니는 가끔 일요일에 총각이 아침을 거르고 지내는 것이 안타까워 부엌방이라 자기들 밥상을 차려오는 것에 밥과 국 한 그릇 주는 것이라 아저씨가 이해하여 달라고 하였으나 주인아저씨는 하루 종일 불만을 토로하여 오후에는 아주머니가 맨발로 집을 나가는 상황이 되었다.

나는 아저씨에게 진정하라고 만류하며 내가 미안하다는 사정을 하였으나 나의 멱살을 잡고 욕설을 하여 더 이상 있을 수가 없어서 집을 나와 친구 집에서 지내다가 다음날 직장에 출근하였고 저녁에 집으로 들어가 아주머니가 나를 불러 이웃에 잠자는 방을 소개하여 주었다.

그리고 며칠이 지나서 아주머니가 나를 찾아와 시내에 있는 음식점으로 가서 그날의 일을 이해하여 달라며 시누이하고는 잘 지내라고 당부하였다.

그날 아주머니는 하소연으로 결혼 전 서울의 유명한 미용실에서 일하고 있을 때 중매로 결혼하여 마산, 창동에서 미용실을 운영하면서 사채 놀이를 해서 돈을 벌어 집도 사고 하였는데 운전하는 남편과 소통이 안 되어 아이들 때문에 살고 있다고 하였다.

나중에 순이와 결혼하여 나에게는 처남댁이 된 아주머니는 가까이 있으면서 잘 지내자고 하면서 나를 달래며 위로했다.

그 당시에는 요즘처럼 휴대폰이 있는 시절이 아니었고 눈 멀어지면 정 멀어진다는 옛 말씀처럼 순이와 만나는 횟수는 줄어들고 또 아저씨가 나의 멱살을 잡은 것이 생각나서 기분이 나빴는데 순이가 나를 찾아왔다. 오빠가 오해를 하여 언니와 나에게 심한 짓을 하였다며 나를 위로하여 나는 순이의 마음을 달래주었다.

마산전화국에 근무하는 동안 제법 직장의 분위기를 익혀가며 느낀 것은 내가 처음 발령받은 건설국 토목계 보직은 상당한 위치였다는 생각을 하게 되었고 선배님들은 그 자리가 집을 사서 나오는 곳으로 말하여 초임 공무원 시절이 그리웠다.

명성식당에서 밥을 먹고 술을 먹던 총각 네 명이 함께 지내자고 의논하여 재준, 영찬, 인식이와 같이 한 집에서 생활하였고 순이는 가끔 이곳에 놀러 와서 음식도 같이 먹고 하여 우리들 속에 인기가 많았다.

지도계에서 근무하던 성수와 영기는 군 제대를 하고 마산으로 발령 받아와서 능금회원인 재준, 인식이를 통하여 우리들과 어울리게 되어 마산국에서는 사고뭉치 총각들로 알려져 있었다.

월급을 받으면 어느 한 술집을 정하여 문을 닫고 마시는 간 큰 우리들은 공휴일에 대구로 가서 뭉쳐 다니던 때도 있었으며 나는 재준형의 고향인 문경에도 가서 놀았고 투망질을 잘 하는 나는 낙동강 물고기 잡이로 그곳 주민들과도 어울려 시간을 보냈다.

말썽쟁이 총각들은 철부지 공무원으로 생활하였고 퇴근 후에는 기다리는 가정이 없기에 식당 밥자리에서 술자리로 이어지는 고질적인 순환이 이어졌다.

그러던 어느 날 성수는 울산으로 영기는 경제기획원으로 발령이 났다. 우리의 뭉치들은 마산 창동 코아 뒷골목에 모여 우정을 마시는 자리에서 후일에도 변함없이 지내자는 약속을 하여 지금까지 지켜주는 젊은 날의 값진 인연을 소중하게 간직하는 계기가 되었다.

녹음이 짙어가는 7월에 나는 배낭을 챙겨서 순이와 둘이 부산 기장을 정하여 첫 행선지로 동해안 여행을 떠났다. 해운대에서 가까운 기장은 오래전부터 이어오는 맛집이 많이 모여 있어 우리는 이곳을 찾아 음식을 먹는 즐거움과 동해 바다에서 불어오는 짠물냄새를 풍미하고 진하로 이동하여 해수욕장 솔밭 그늘 아래 텐트를 쳤다.

바닷물에 몸을 담그고 작열하는 태양에 몸을 태우고 저녁에는 석유등으로 불을 켜고 석유버너로 밥을 짓는 동안 순이와 나는 시간가는 줄 모르는 소꿉놀이 같은 재미로 대화하면서 웃음이 그치지 않았고 풍족하지 않은 저녁상은 된장찌개와 김치가 전부였지만 젊음이라는 반찬이 행복한 맛을 내어 우리 둘이는 절대절미의 만찬이 되었다.

다음날 동해 바다의 은빛모래와 푸른 물결은 우리들의 뜨거운 열기를 식혀주고 솔밭 사이로 부는 바람에 순이와 나의 하모니를 실려 보내고 수많은 인파 속에 섞여서 파도타기를 하며 내리쬐는 햇볕에 몸을 그을렸다.

하루의 해가 또 저물고 밤하늘 별빛이 빛나는 해변의 모래사장을 순이와 손을 잡고 거닐면서 넘실대는 파도를 보며 우리는 아무런 생각 없이 주변의 분위기에 만족하는 해변의 연인으로 밤을 즐겼다.

텐트로 돌아온 우리는 서로를 마주보며 웃음 지었고 나는 등불을 끄고 순이를 팔베개로 끌어안았다. 밤바다의 파도소리와 함께 밤은 깊어가고 순이와 나의 행복함도 깊어갔다.

진하에서 이틀을 보내고 영덕을 목적으로 버스를 기다리는 동안 마산의 친구들에게 전화를 했다.

제7화. 남해 상주 해수욕장의 물장수, 곰돌이 심 선달

그날 팔았던 물값은 2만3천 원으로 친구들은 놀랐다고 하면서 나에게 박수를 보냈다.

2박 3일의 일정으로 남해 상주 해수욕장으로 출발한다고 나도 그곳으로 합류하라는 것이다. 나는 순이에게 말하여 순이도 좋다고 해서 우리는 부산을 거쳐 남해로 갔다.

먼저 도착한 친구들은 해변에 거창한 캠프를 치고 상주 해수욕장을 주름잡고 있었다. 친구들은 우리를 반겨주었고 열 명이 넘는 남자들 속에 여자는 순이 혼자로 홍일점의 인기를 받았으며 튜브에 몸을 지탱한 순이를 용목이 친구가 사진을 찍어주고 남해의 검푸른 물결이 넘실대는 파도를 타며 첫날부터 곰돌이 멤버들은 젊음을 마음껏 즐겼다.

바닷물에 몸을 식히고 모래사장으로 나온 나는 선착장에 사람들이 모인 곳으로 가서 낚싯대를 빌려 식당에서 버린 생선내장을 미끼로 팔뚝만

한 밀치고기를 잡았다. 낚싯대 주인은 머리 부분을 달라고 하며 주변의 많은 사람들이 모여 화제가 되어 나는 친구들을 불러 식당에 회를 주문하여 우리는 그 자리에서 잠시 동안 소주 10병을 비웠다.

텐트로 돌아온 친구들은 서울에서 단체로 휴가 온 조광무역 직원들이 배구를 하여 우리 곰돌이 팀과 시합을 제의하여 우리는 파이팅을 외치며 네트를 올려쳤다.

순이는 목이 터져라 응원했고 우리는 세트 스코어 2대 1이라는 치욕을 안았다. 그날 횟집에 먹은 술 탓으로 돌리고 다음날 시합을 예약하고 텐트로 돌아왔다.

우리는 저녁을 먹고 해변에 마련된 모닥불을 돌며 노래를 부르고 춤을 추면서 해수욕장을 찾아온 사람들과 어울리며 정열을 불태웠다.

춤을 즐기는 정수는 서울에서 온 기타라는 사람과 장단을 맞추어 배꼽을 잡았고 낮에 불타던 태양의 열기는 식어갔지만 모닥불 열기는 더욱 뜨거워졌다. 그날 밤 친구들은 작은 텐트 하나를 펼쳐서 순이와 나를 배려하여 주었고 순이는 나의 손을 꼭 잡고 잠이 들었다.

새벽에 일어난 순이와 나는 잔잔한 물결이 일렁이는 해변을 거닐면서 수평선 넘어 떠오르는 태양을 보면서 우리의 미래를 꿈꾸며 낭만을 만끽했다.

텐트로 돌아와 친구들과 아침을 준비하고 순이의 손맛은 김치찌개 하나로 감동시켰다.

날이 밝은 해변은 수많은 피서객들로 붐볐고 어제 배구시합에서 고배를 마셨던 우리는 조광무역 팀을 찾아가서 도전장을 냈다. 아침부터 시작한 시합은 3대 1로 깨졌다. 우리는 상대팀의 실력을 인정하며 다 같이 모여 소주잔을 나누며 젊은 혈기로 소통할 수 있었다.

상주 해수욕장에서 3일째 되던 날 아침을 먹고 우리 일행은 마산으로 오는 신흥관광버스 14:00 출발차를 타기 위해 짐을 챙겼다.

당시로서는 휴가철에 임시로 운행하는 관광버스가 5시간 소요되는 현실이라 먼저 자리를 잡지 않으면 마산으로 돌아오기 어려운 것으로 12시에는 버스에 타고 기다려야 되었다.

일행은 짐을 챙겨 놓고 해변에 즐기는 동안 순이는 친구들의 인기를 받으며 기뻐했다.

점심을 라면으로 해결하고 우리 일행은 12시에 버스를 타고 있는 동안 나는 우리가 쓰던 10리터짜리 물통을 들고 상주자연마을에 있는 우물로 가서 물을 채웠다.

그리고 종이컵 200개를 사서 그곳에 대기하고 있던 버스를 다니며 남해 보리암의 약수를 담아왔다고 하여 한 컵에 50원으로 부담 없는 가격이라 갈증이 나던 버스 안 피서객들은 모두 달라고 하였으며 어떤 사람은 500원을 주며 마음껏 마시기도 하여 나는 다시 마을로 가서 물통을 채워 장사를 하였으며 세 통째 물을 담아 가게에서 아이스크림, 쥐포, 소주를 사서 우리 일행이 기다리고 있던 버스로 돌아와서 마지막 물장사를 했다. 그날 팔았던 물값은 2만3천 원으로 친구들은 놀랐다고 하면서 나에게 박수를 보냈다.

우리 일행에게 아이스크림을 한 개씩 돌리고 나머지는 순이에게 주어 순이는 버스 안에 있던 여성들에게 하나씩 돌려서 예쁜 아가씨가 되었고 우리가 타고 있던 버스는 오후 2시에 출발하여 마산까지 5시간 정도 소요되었다.

출발할 때부터 버스 안 승객들은 한 가족처럼 되어 노래를 부르며 손뼉을 치고 중간에 술과 안주를 공급하는 지원금은 약수 판 돈으로 충분했다.

그때 나의 차림은 밀짚모자에 안경알이 하나 없는 색안경을 끼고 한쪽 양말이 구멍 난 반바지로 보기에는 조금 모자라는 행세를 하던 청년이었다. 그런 모습의 상주 물장수에게 넉넉했던 인심이 그래도 모든 사람들이 잘살아보세 하며 살맛나는 시대였다.

마산에 도착하여 친구들과 헤어지고 순이와 나는 집으로 돌아왔다.

시간은 흘러 1977년 8월이 되어 나는 방위소집 영장이 나와 병무청에 전화하여 현역으로 가고 싶다고 하였으나 전년도까지는 학벌 구분이 없었으나 금년도부터 병역법이 개정되어 중졸 이상만 현역으로 갈 수 있고 국졸은 방위병으로 소집된다며 개인적으로 안타까우나 별도의 방법이 없다고 하여 입소하기 전에 고향 친구들과 영천강에서 그물질을 하여 물고기를 잡고 놀다가 다리를 다쳐서 나는 공의진료에서 며칠 간 치료를 하고 원장님에게 훈련소 입소사항을 말씀드리고 소견서를 받아 39사단 118연대 훈련장으로 갔다.

먼저 소견서를 제출하고 이틀 동안 지켜본 의무장교는 39사단 사령부 의무대로 후송시켜 그곳의 훈련병들과 치료를 하면서 국군 마산통합병원의 정밀검사를 받게 하였다.

의무대에서 일주일 정도 지나서 사단 행정계로부터 퇴소하라는 명령이 떨어져 사단에서 주는 공문서를 받아 설명을 듣고 정문 위병소까지 부축하여 나와 기다리고 있던 순이를 보고 뛰어가서 왈칵 안았다.

그렇게 하여 고향의 면사무소 병사계에 신고를 하고 집에서 공의 진료소로 통원치료 15일 정도 지나 완쾌하였다.

특별한 사유가 없는 한 30일 이내에 복직 신고하여야 되는 규정에 따라 나는 마산국으로 가서 복직 신고를 했다. 직원들은 엊그제 군대 간다고 회식까지 하여 주었는데 한 달 만에 돌아온 것이 의아하여 탈영을 의심하였다.

그리하여 다시 예전대로 돌아가서 재준 형과 나는 거제, 여수, 지리산으로 여행하면서 근무하였으며 순이와 둘이서 남원의 광한루, 부산 태종대를 다니며 우리들의 합창곡 라나에 로스포에 사랑해를 부르면서 추억 만들기를 하였다.

토요일 오후에 마산에서 동일호를 타고 통영에 도착하여 해산물을 맛보고 밤에는 선착장 야경을 즐기고 다음날에 욕지도와 연화도를 가는 연락선을 타고 남도로부터 불어오는 해풍을 맞으며 출렁이는 파도와 갈매기 손짓하는 뱃길 여행을 즐겼으며 막차로 돌아오는 날이 행복하였다.

나날의 연속으로 지내던 10월에 다시 군 소집 영장이 나왔다. 나는 휴직을 하고 39사단 훈련소에 소집하여 4주간의 훈련을 마치고 39사단 118연대 2대대 문산 2중대 행정병으로 배치되어 김충실 중대장님께 신고한 후 군복무가 시작되었다.

제1중대장은 지호길, 제2중대장은 김충실로 동네 선배이자 형님들로 알고 지낸 분들이었다. 선임 행정병은 서울에서 대학을 다니다가 복무하고 있던 신종철 친구로 중대 행정업무를 알려주고 전역하였으며 나는 그때부터 중대본부의 살림을 맡았다.

당시 중대본부는 39사단 118연대 195지단 훈련대의 지시로 관할지역 6개 면의 8개 중대 예비군 훈련 기본교육을 위임받아 시행하였으며 면사무소 지서 등에 배치되어 있는 방위병을 관리하는 업무로 중대급으로서는 상당한 일을 맡고 있었다.

1968년 김신조 사건 이후로 향토예비군이 창립되고 설치법에 따라 각종 기본교육, 일반교육, 동원훈련, 주특기별 병력편성, 총병력자원관리, 상황판, 병력현황, 군사작전지도, 바인다, 색인목록관리, 병기관리, 군부대 보고서 등으로 행정병이 몇 명 배치되어 있었으나 나에게는 골치 아픈 업무를 맡겨서 많은 고생을 하였다.

그 당시는 예비군 훈련기간과 시간도 많았고 직장예비군 편성이 원활하지 못한 시기라 동원·갑호 훈련은 강원도 경기도 부대로 집결하는 때도 있었고 평일에 중대본부에는 항상 많은 사람들이 붐볐다.

그러던 중 별도의 전투소대장을 선임하게 되어 나는 호근이 동창의 형님 강호일 씨를 중대장님께 추천하여 광주보병학교에서 교육 이수 후 소위로 임관되어 같은 본부에서 지내게 되었다.

김충실 중대장은 미혼으로 삼촌이 평통위원으로 면 소재지 내에 양곡 정미소와 제제소를 운영하였으며 군부대에 나무 등 많은 것을 기부하여 부대와 우리 중대는 업무협조가 원만한 관계로 내가 하는 일도 많았지만 많은 도움이 되었다.

중대본부 뒤에는 소문난 집이라는 음식점이 있었고 주로 지방유지 분들이 많이 찾아가는 술집으로 중대본부를 찾아오는 사람들 중 중대장과 함께 그곳에서 대화를 나누고 중대본부에 필요한 사무용품과 난로용 기름도 사주고 차드 기술도 지원하여 주었다.

예비군 교육과 훈련이 있는 날이면 중대본부는 예비군으로 만원이 되어 난로 위에 냄비를 얹어놓고 대한민국 남자들의 끝도 없는 군대 이야기로 때로는 새벽까지 있다가 헤어져 본부를 지키는 나는 육·해·공군의 말만 들어도 더 많이 알고 있는 사람이 되었으며 가끔씩 대원들이 고생한다고 중국집 배달을 시켜주는 사람들도 있어서 중대장님은 훈련받은 확인서를 발급하여 주라고 지시하였다.

중대장님이 자주 가는 소문난 집에서 일하던 아가씨는 손님이 먹다가 남은 마른안주와 소주를 챙겨서 우리와 같이 먹자고 중대본부를 찾아오는 날이 있었다. 우리보다 몇 살 많은 나이지만 그래도 대화가 되고 또 우리의 처지를 생각하여 배려하는 차원에서 주인 몰래 챙겨주는 것도 있었다.

나이 많은 판식이는 자기하고 동갑이라며 올 때마다 군복 벗고 한번 놀아보자고 때를 썼다.

그러던 어느 날 형갑이가 휴가를 나왔다. 진해 신병교육대에서 백령도로 배치 받아 복무하다가 휴가를 받아 부모님이 계시는 곳으로 가기 전에 나를 먼저 만나러 왔다며 나의 고생은 호강으로 알고 중대장 따까리에 열심히 하라고 하였다.

옛날 사람들과 형갑이의 백령도 복무는 지금에 사병들에게는 전설 같은 이야기로 남을 것이다. 군대의 공통점은 졸병 때 고생하지 않은 사람이 없고 고참 때 잘 나가지 않은 사람이 없다.

형갑이와 나는 지난날 미용실 아가씨들 이야기를 하며 형갑이가 좋아하던 추남순이라는 아가씨가 입대 후 편지 한 장 없다고 서운하여 이번 휴가 때 찾아본다고 하면서 우리는 다음을 기약하고 헤어졌다.

나의 군복무 생활이 익숙해 갈 때 경북대를 다니던 김석수가 배치되어 왔다. 석수는 나의 두 해 선배였지만 영래와 함께 낚시를 할 때부터 가까운 친구로 지냈다.

중대본부 앞 주택에 공부방을 마련하고 학생들을 가르치는 알바를 하겠다고 나에게 도움을 요청하여 나는 중대장님께 보고하고 석수를 도왔다. 석수는 술을 너무 좋아해서 자신의 인생에 나쁜 영향을 미쳤으나 복무하는 동안은 아무 문제가 없었다.

지난 일로 생각해보면 그 당시에 행정업무가 힘든 만큼 많은 도움이 되었고 예비군 훈련을 받던 사람들의 사정이 생계와 연결되어 담배봉우리와 봉투로 대신하는 사례가 가끔 있었던 시절이라 중대장을 보필하는 나로서는 힘이 들었고 보람도 있었다.

일정한 수입이 없었던 나는 어머니가 주는 용돈을 아껴 쓰며 병역의무를 다하는 동안 가끔씩 찾아주는 순이가 무척 반가웠다.

1979년 2월에 제대를 앞두고 나는 후임병에게 중대본부 업무를 넘기고 원촌마을에서 근무하러오는 판식이와 돈벌이를 의논하여 일요일에 건설현장에서 용돈을 벌고 제대 후 복직하기까지 30일간 여유로 판식이를 따라 갈 계획을 가졌다.

1년 6개월간의 복무를 마치고 내가 근무하던 중대본부에 예비군으로 신고한 후 그동안 모셨던 중대장님과 대원들에게 악수를 나누고 그때까지 우리들을 후원하여준 소문난 집 아가씨에게 고맙다는 인사를 하고 집으로 돌아왔다.

병역의무를 다 했다는 자부심과 자유로운 마음으로 친구들과 어울려서 며칠을 지내다가 나는 어머니와 형님에게 복직을 하러 마산을 간다고 말씀드리고 다음날 가방을 챙겨 집을 나섰다.

마산국을 방문하여 복직신청을 한 뒤 자산동에 잠자는 방을 한 칸 계약했다. 이틀 뒤에 출근하였으며 나를 반기는 옛 동료들과 다시 근무하게 되었고 나의 병역 공백 기간 동안 친구들도 군복무를 마치고 모두 복직하여 본격적인 곰돌이 모임을 굳게 다지고 그동안 소원했던 순이를 만나서 같이 있는 시간이 좋았다.

제8화. 반동주재원 시절 추억

해산물이 풍부했던 그 시절에 지역주민들이 먹거리를 들고 우체국을 찾아오고 남해안에서 최초로 홍합 양식을 성공시켜 보급했던 육곡마을의 차해수 씨는 부산 수산대를 졸업하고 교직에서 근무하다가 일본으로 가서 해양관련 공부를 해서 이곳에 정착하여 양식장에 있는 여러 가지의 먹거리를 교환아가씨들과 같이 먹으라고 한 보따리씩 싸 주었다.

그러던 5월 초순에 직장에서 춘계 야유회로 포항 보경사로 관광을 갔다. 차에서 내린 나는 처음 보는 친구를 소개 받아 서정일이라는 진동주재원으로 있으면서 얼마 전에 개통된 구산면 반동 지역을 담당하고 곧 입대한다고 하였다.

그곳의 시설공사 감독으로 있었던 재준이 형의 설명을 들은 나는 반동주재원으로 갈 것을 결심하고 다른 사람이 지원하기 전에 선전포고를 했다. 그리고 야유회를 다녀온 다음날 나는 정득주 계장님에게 반동주재원을 지원한다고 말씀드렸으나 안 된다고 하였다.

나는 여기서 멈추면 안 된다고 생각하여 전영태 과장님을 찾아가서 나의 소신을 말씀드렸다. 과장님은 나에게 그 이유를 물었다. 나는 자신 있게 그동안 배우지 못한 나의 사정을 말하고 주재원으로 근무하면서 여가를 활용하여 기술자격증 취득공부를 하고 싶다는 뜻을 말씀드렸다. 전영태 과장님은 며칠만 기다리라고 하시며 나에게 긍정적인 메시지를 주셨다.

한 주일이 지난 어느 날 계장님은 5월 24일자로 반동주재원으로 발령날 테니 준비하라고 말하며 본국 업무의 중요성을 강조하면서 언제든지 복귀할 수 있다는 점을 명심하라고 하시며 과장님에게 가보라고 하였다. 나는 전영태 과장님을 찾아가서 엎드려 절을 하고 고맙습니다 열심히하겠습니다 라고 하였다.

어허! 이놈 봐라 나를 감동시키네 이리 와서 앉거라 하시며 커피를 내어 주면서 말수야! 고향이 진주 문산이제 나도 진주다 우리 때는 먹고 사는 것이 어려운 시절로 나도 객지에서 공부해서 여기까지 왔다 열심히 노력해서 너의 목적을 달성하기 바란다. 그렇게 하여 5월 24일 구산면 반동주재원이 되어 구산면 전역으로 면 소재지 수정우체국 교환시설과 반동우체국 교환시설을 관리하게 되었다.

첫날에 반동우체국을 방문하여 민은식 국장님과 박세창 주임, 그곳의 교환원들과 인사를 나누고 박 주임은 농협 앞 가게를 하고 있는 미숙이 엄마에게 나의 식사를 당부하고 반동의 안동네 최상진 씨 집에 아래채 사랑방을 잠자는 방으로 안내하여 주어 그날은 숙직실에서 지냈다. 당시 시골인심은 좋았고 박 주임은 주민들에게 인정받는 공무원으로 나를 데리고 숙식을 일사천리로 해결하여 주었다.

다음날 민은식 국장님의 안내로 학교, 농협 강호문 회장님에게 인사를 하고 수정마을로 가서 면사무소, 지서, 한전을 방문하여 인사를 하였다. 그 뒤로 시간이 나는 대로 지방유지분들과 각 마을 이장님들을 찾아가서 인사를 드리고 특별히 예비군 중대본부에도 음료수를 준비하여 찾아가서 중대장님을 만나서 인사를 드렸다.

우리 식구인 반동우체국 교환원 15명과 사무실 3명이고 수정우체국 교환원 11명과 사무실 4명, 집배원 6명이 앞으로 나와 같이 생활하게 될 사람들로 주재원이라는 직책은 전화국의 대표로 국장의 직무를 대리하여 파견된 공무원으로 책임감이 큰 만큼 주민들에게 인정받는 시절이라 좋은 유대관계를 가질 수 있었다.

그 지역은 당시 박정희 대통령의 비서실장인 박종규 씨 고향으로 면민들이 기부금을 모아서 반동우체국을 건립하여 체신부에 기증하고 면민의 숙원인 통신시설 혜택을 볼 수 있도록 기틀을 마련하여 이를 관리할 수 있는 주재원에게 90cc 오토바이도 기증하여 주었다.

그 시절에 우체국 주재원은 전화국에서 파견 나온 사람으로 주재원을 60번이라는 호칭으로 불렀다. 나의 반동주재원 시작은 양쪽국의 교환원들이 머리 위에 들고 있었고 주재실과 전송장비, 교환실이 같은 공간으로 연결되어 60번은 이를 관리하는 임무로서 매일 붙어 생활하는 가족이었다.

여자 휴게실에서도 한 이불에 발을 넣고 지내는 한 이불 다세대에서 24살 총각은 꽃밭의 향기에 젖어 반동국, 수정국 두 집 살림을 살았고 지역의 면장님과 중대장님의 도움으로 주민현황 시설현황판도 만들고 우체국 인근 마을에 전기가 고장 나면 우체국 발전기를 가동하여 주변을 밝혀주는 일을 하여 주민들과도 유대가 좋았으며 각 마을의 이장님들, 섬과 해안에 있는 멸치 어장막의 선주님들 그리고 마을 추진위원장인 강호문 어른의 협조는 주민의 관공서로 인식되었다.

해산물이 풍부했던 그 시절에 지역주민들이 먹거리를 들고 우체국을 찾아오고 남해안에서 최초로 홍합 양식을 성공시켜 보급했던 욱곡마을의 차해수 씨는 부산 수산대를 졸업하고 교직에서 근무하다가 일본으로 가서 해양관련 공부를 해서 이곳에 정착하여 양식장에 있는 여러 가지의 먹거리를 교환아가씨들과 같이 먹으라고 한 보따리씩 싸 주었다.

그 당시 해군을 제대하고 장구마을 중간지점에서 블록 공장을 동생과 함께 운영하던 권필환 친구는 내가 밥을 먹던 가게 아저씨와 친척으로 자연스럽게 나와 가까이 지내게 되었고 교환원들과도 친하게 지내며 박종규 씨 사촌동생 박영진을 나에게 소개하여 조선소를 하던 아버지의 배를 사용하고 자연산 고기를 놀랠 정도로 주어서 내가 근무하는 주재

사무실로 방문하면 자동으로 교환아가씨들과 소통하는 시간이 되었다.

바다가 있는 어촌 생활이 처음인 나는 신기한 경험이 많았고 밤에 필환 친구의 공장 앞 갯가에서 해바라기라는 햇불로 낙지, 문어 등을 잡아서 친구의 공장에서 음악과 춤을 양념하여 먹고 놀았다.

멸치 어장이 많은 구산면은 기선 권현망 조합의 건멸치 시세를 수시로 파악하기 위해 전화가 필수였다. 나는 그분들의 편리를 제공하는데 필수 요원으로 나의 역량을 아낌없이 드렸다. 구산면은 마산항만과 연결되어 거제도와 마주보는 행정구역 면적이 넓었으며 해안으로 있던 박종규 씨 본가, 그의 삼촌과 고 김영삼 대통령의 부친 김홍조 씨 10여 곳의 멸치 건조장이 있었다.

나날의 연속이었던 반동 주재생활 중에 미숙이 엄마의 친정 여동생이 농협에 근무하던 잠자는 집 주인의 딸인 최숙희를 나에게 중매한다는 소문이 돌았다.

그러던 어느 날 순이는 반동우체국 교환실에서 나를 기다리고 있었다. 나는 순이를 반기며 직원들에게 소개하였다. 그리고 순이는 교환휴게실에서 아가씨들과 어울려 놀면서 하룻밤을 그곳에서 잠자고 다음날 돌아갔다. 그 후로 나는 임자 있는 총각으로 소문이 나서 밥을 먹던 가게의 아주머니는 다른 집에서 식사를 하라고 하셨고 양쪽 국 교환아가씨들은 양조간장을 콜라병에 넣어 냉장고에서 꺼내어 시원하다고 권하며 나를 골탕 먹이는 단합을 하여 나는 곤경에 빠졌다.

고향의 큰형님 집에서 일요일에 일손 돕기를 요청하여 나는 어머니도 만날 겸해서 고향의 형님 집에 가기 전 아이스크림과 과자, 과일을 준비하여 이웃과 일하는 사람들의 분위기를 맞추었다. 점심으로 짜장면 한 그릇이었지만 모두들 좋아해서 나의 기분도 좋았다.

　어릴 때는 나를 그렇게 못살게 하였지만 나는 조상님들의 제사와 형수, 조카들에게 나의 도리를 다했다. 제사를 지내는 제기와 병풍, 돗자리도 사주고 제사 때마다 제물 차림에 경비를 보태어 어머니는 잘한다고 하셔서 나는 조상님보다 어머니가 흐뭇해하시는 모습이 좋았다.

　반동주재원 생활은 시간 가는 줄 몰랐고 나의 황금 같은 시기였다. 한 달에 한 번씩 마산 본국에 업무일지와 각종 자재수불, 휘발유, 경유를 수령하고 차량지원, 시설공사 지원을 보고한다. 항상 담당자와 협의하고 계장, 과장님에게 안부 인사를 올릴 때면 심말수! 공부 열심히 하고 있냐 시험은 언제 보나 하고 물으면 나는 가슴이 철렁하지만 예, 열심히 하고 있습니다! 자신 있게 대답하고 오토바이를 타고 돌아오는 길에 야호! 책은 눈에 들어오지 않고 사랑! 연애 공부만 잔뜩 하고 있습니다! 하고 소리치며 달려온다.

　내가 잠자는 집 할아버지 할머니는 부모님 같은 분으로 나를 자식같이 보살펴 주었다. 고향에 계시던 어머니는 반동마을로 오셔서 막내의 생활을 보고 다행이라고 하시며 마음 편하게 계시다가 고향집으로 돌아갔다.

　그 해 여름에 마산국 관내 상남면 주재원 박인식이 있는 곳으로 일주일간 지원 명령을 받았다. 그곳의 시설 중 일부분이 자동화로 변경됨에 따라 교환대 일부가 철거되는 일이 있었다.

그 당시 상남 교환원으로 있던 최선자, 문영자, 김귀옥 씨는 지금까지 동우회원으로 지내고 귀옥 씨는 인식이 친구의 아내가 되었다. 최승희 씨는 나의 형수로 하자고 청하였으나 인연이 이루어지지 않아 해바라기 같은 여인이 되었다.

출장지원 5일째 되던 날 반동에서 긴급한 연락이 왔다. 블록 공장을 하던 필환 친구가 농약을 먹고 위급한 상황인데 아무 조치도 없이 집에 누워있다고 하였다. 전화 공장에서 일하는 반동 교환원이 신속한 연락을 하여 나는 남성콜택시를 불러 반동 블록 공장으로 갔다.

혼수상태인 친구를 태워 마산파티마병원 응급실로 들어가 친구를 눕혀놓고 살려달라고 소리쳤다. 의사선생님은 친구의 눈과 혀를 보고 간호사에게 뭐라고 지시한 후에 다른 곳으로 갔다.

간호사는 환자의 사고경위를 물었으며 나와는 어떤 관계인지 묻고 원무과에 접수하고 오라고 했다. 그런데 한 시간이 되어도 아무런 조치가 없어서 나는 의사선생님에게 치료를 당부하였다.

의사선생님은 우리는 사람 생명을 살리는 것이 의무인데 이렇게 자기 생명을 포기하는 사람은 실망스럽다고 하며 살고 싶은 사람을 우선 치료하고 있다는 말에 나는 의사선생님에게 매달려 친구를 살려달라고 호소하였으나 의사선생님은 다른 환자를 보고 있었다.

나는 병원장을 만나러 가는데 로비 중앙에 히포크라테스의 조각과 선서문이 있어 읽어 보았다. 나는 다시 의사선생님에게로 가서 의사의 손목을 잡고 선서문이 있는 곳으로 데려갔다. 나는 의사선생님을 보고 선생님도 이 선서를 하였습니까! 의사선생님은 어어! 왜 이러십니까 하면서 응급실로 돌아가서 친구를 치료하여 주었다.

지켜보던 나는 지시에 따라 침대를 밀고 검사하는 곳으로 다니면서 안심이 되었고 흥분되었던 나의 처신이 미안하게 생각되어 의사선생님에게 사과의 말과 고맙다는 인사를 하였다. 의사선생님은 나를 보고 이 팔목은 어찌 할 것이오! 하면서 다른 환자를 돌보러 갔다.

오후 7시쯤에 친구가 깨어났다. 그리고 친구는 나를 보고 한없이 눈물을 흘렸다. 의사와 간호사가 다가와서 상태를 보고 입원실로 옮기라는 지시에 따라 나를 친구를 옮기고 병실을 나와 택시를 타고 국제전화사 한만이 사장에게 가서 무조건 현금 오만 원을 빌려달라고 하여 병원으로 돌아왔다.

저녁 9시쯤 바닷가에서 일하던 친구의 어머니와 동생이 왔다. 나는 친구의 어머니를 안심시키고 그날의 병원에서 응급 처치한 상황을 설명하고 가지고 있던 오만 원을 주면서 하던 일로 상남으로 돌아갔다.

나는 그날 가까이 있던 이모와 동생이 왜 신속하게 처리하지 않는 것이 궁금하였다. 그리하여 친구는 살았고 나는 출장지원을 마치고 반동으로 돌아왔다.

사실을 말할 수 없었던 친구는 세월이 한참 지난 2004년 내가 퇴직하고 마산에서 원룸 사업을 할 때 어시장에서 철공소를 하고 있던 친구와 만나서 소주잔을 나누면서 그 사실을 말해주었다. 너무도 기가 막히고 애달픈 사연에 세월에 묻어야 된다.

반동주재원 생활 중에 사택에 계시던 국장님과 박 주임 나와 셋이서 가끔씩 가게 고무통에 담아놓은 생선회로 소주를 나누면서 시골 월급쟁이들의 회포를 푸는 시간이 있었다.

때로는 교대 휴식하는 고참 교환원이 참석하여 분위를 맞추어 객지 공직자들의 피로를 녹인다. 때로는 아가씨들끼리 한잔하고 싶으면 천 원씩 모아서 사택의 눈치를 살피면서 나와 박 주임을 초청하여 회식한다.

혹시 수다를 떨다가 사택에서 국장님과 사모님이 오면 교환원들은 어머 국장님! 오늘 주재원이 너무 고생해서 우리가 준비해서 위로하는 자리이다 하면은 눈치를 챈 국장과 사모님은 모른 체하고 돌아선다. 바람막이로 있던 박 주임과 나는 살며시 일어나서 국장님과 같이 가게로 가서 셋이서 한잔 즐긴다.

당시에는 우표보다는 전화가 무척 귀한 시대라서 국장은 나에게 부탁할 때가 많았으며 소속이 다른 관계로 서로를 존중했다. 이런 사항을 잘 알고 있던 교환원들은 나를 잘 활용하여 여자들끼리 회포를 푸는 시간을 가졌다. 관리자의 입장을 생각하고 동료들끼리 화합하는 슬기롭고 지혜로운 방법이라서 알고도 모른 체하는 남자들의 배려이기도 하였다.

시골에서 공직 생활하는 사람은 직원들과 지방유지 분들과 주민들 간의 유대를 원만히 하여 잡음이 없어야 한다. 특히 품행을 단정히 하여 모범적인 생활을 하여야 되며 민원이 발생되어서는 안 된다.

나는 주재원 생활을 하는 동안 필요할 때마다 구복마을에서 살고 돗섬에 멸치 건조장이 있던 김길곤 어른과 수정 안녕마을에 있는 고 김영삼 대통령 부친 김홍조 옹의 건조장을 방문하여 어르신 멸치 좀 얻으러 왔다 하면은 언제든지 가져가라고 하시며 창고로 안내하여 후하게 베풀어 주심으로 나는 마산 본국의 상관들에게 체면유지를 할 수 있었다.

내가 하는 일과 주변의 사람들이 좋아 보람된 나날이 이어져가는 1979년 8월 25일은 이른 새벽부터 비가 내리기 시작하여 앞을 분간할 수 없는 굵은 비가 하루 종일 내렸다.

아침 일찍 출근하여 주변을 살펴보니 심상치 않은 예감이 들었다. 당시 우체국은 농협과 국민학교가 인접해 있었으며 바다가 가까이 있는 위치에서 그날은 비가 많이 와서 상류지역에서 논둑이 터지고 물이 넘쳐 거센 물살이 바다 쪽으로 내려오는 광경이었다.

8월 25일은 정기급여일로 우체국장은 마산국 우체국에 참석하기 위해 첫차로 나갔고 박 주임과 나는 방화사 모래주머니로 넘어오는 물을 막기 위해 사무실 문턱에 쌓았다.

30분이 지나자 빗물이 넘쳤으며 지면이 높은 교환실 입구를 막았으나 순식간에 빗물이 들어왔다. 교환대와 전송장치가 물에 잠기면 모든 통신

수단이 마비된다.

　나는 예비군 중대장을 수소문하여 마침 반동마을 본가에 있는 것을 확인하고 집으로 찾아갔다. 이곳의 예비군을 동원하여 블록으로 받쳐서 교환대를 높여 달라고 당부를 하였다.

　중대장은 협조해서 30여 명의 예비군이 모여 기계를 60㎝ 가량 올렸다. 그러나 밀려드는 빗물은 순식간에 차올랐으며 나는 이 상황을 보면서 자연의 위력이 대단하다고 생각되어 불안한 마음이 들었다. 그때 주민들의 말에 의하면 바다의 만조시간이 오후 3시부터 저녁 9시경으로 낮보다는 야간이 더 염려된다고 하였다.

　나는 박카스 한 병씩 돌리며 동원된 예비군에게 감사의 인사를 하고 중대장과 함께 농협을 왕래하며 상황을 파악하고 만일에 대비한 대책을 세웠다. 사택의 가족과 교환원들을 모아놓고 최후의 수단으로 건물 옥상으로 대피하는 행동요령을 설명한 후 우선 당황하지 말라고 하며 안정을 시켰다.

　일부 교환원은 밖으로 나가서 마을로 대피하려고 하였으나 나는 주민들을 위한 교환업무를 포기하는 것이 우리의 사명감을 저버리는 것이고 이미 주변의 물살이 세고 깊은 관계로 더욱 위험한 행동은 자제하여 달라고 당부하였다.

　나의 말을 믿어주는 직원들의 눈빛이 고마웠고 나는 전송장치가 있는 주재원실이 제일 높은 곳으로 대피할 때까지 교환대 응답과 접속을 하라고 지시하였다. 물이 찬 교환실의 상황은 처절하였으나 바지를 적시고 교환대에 앉아 바쁘게 일하는 교환원들의 모습은 참으로 아름다웠다. 아침 일찍부터 내리는 비는 그칠 줄 몰랐고 시간은 흘러 오후 4시경에 본국으로 보고하는 것이 마지막 교신이 되었고 모든 장치는 마비되었다.

하루 종일 내린 비는 바다와 연결되어 주변은 어디를 분간할 수 없는 상황이 되었으며 나는 오전에 원주민의 말씀 중에 바닷물이 육지로 올라온다는 이치를 실감하게 되었다.

젊은 주재원의 마음은 누가 이 사실을 믿어줄 수 있을까 하는 생각이 들었고 저녁 9시가 되면 어떤 상황이 올지 모른다는 생각에 나는 다급한 판단으로 박 주임과 교환원들에게 이장을 만나 사진기를 빌려오겠다고 말하자 교환원들은 울면서 지금 나가면 60번은 죽는다 하며 아우성을 치면서 나를 잡고 여기서 같이 죽더라도 못나가게 말렸다.

나는 그녀들에게 말했다.

주재원은 사명감이 있기 때문에 죽고 사는 것은 하늘에 맡기고 나는 그냥 있을 수 없다 하면서 희미한 불빛이 보이는 마을 쪽을 향하여 평소의 윤곽으로 건물 벽을 타고 가슴까지 오는 물을 헤쳐 나갔다. 만에 하나로 지대가 낮은 도랑에 발을 디디면 끝장나는 것이었으나 다행히 나는 마을로 들어가서 이장님을 만났다.

주민들 일부는 지대가 높은 중학교로 피신하고 이장님과 이발소, 계란집 주민들이 모여서 농협은 피신하였지만 우체국은 마지막까지 버티다가 통신이 마비된 후에는 이미 물이 차서 나오지 못하여 다 죽을지 모른다고 걱정하고 있던 차에 주재원이 나타나서 사진기를 달라고 하여 주민들은 이런 상황에 자살행위라며 우체국에 고립되어있는 사람은 하늘에 맡기고 주재원이라도 살아야 된다며 나를 가지 못하게 말렸다.

나는 차분하게 주민들을 향해 말했다. 지금 물에 잠긴 우체국은 주민 여러분이 돈을 모아 국가에 기증한 건물이며 지금 그곳에는 공무원의 신분으로 사명을 다하는 사람들이 고립되어 있다. 나는 그 중에 한 사람으로서 젊은 남자이다. 나는 그들에게 사진기를 가지고 온다고 약속하고 마을로 왔다.

그들은 지금 고립된 상태에서 나를 기다리고 있다. 지금 이런 상황에서 구조할 수 있는 사람은 없으며 비가 그치고 물이 빠지기를 바라며 날이 밝기만 기다리는 절박한 현실을 부질없다고 할지라도 현장의 실태를 사진으로 남기려 했다.

여러분이 나를 생각하여 주심은 정말 고맙습니다. 그러나 나는 가야 됩니다.

이장님이 주신 사진기를 비닐봉지에 여러 겹 싸서 머리에 묶고 물이 흐르는 상류에서 이장님이 비추는 손전등에 희미한 우체국 건물을 향해 몸을 날렸다.

잠시 후 쿵하는 소리와 담장 벽을 잡은 나는 안도의 한숨을 쉬고 벽을 타고 사무실 안으로 들어갔다. 울음바다로 초상집 같았던 사무실은 와

60번이 살아 왔다 하면서 모두들 나를 끌어안고 또 울었다.

그 중 한 아가씨는 우리가 죽더라도 단체사진 한 장 찍자! 어느 누가 이런 사실을 믿겠나 해서 창구의 높은 곳에 비 맞은 제비처럼 쪼그리고 앉아서 사진을 찍었다. 그 다음은 기계실 교환대가 있는 곳을 찍고 나서 60번! 나 단독 사진 한 장 찍어주셔요 하여 물이 찬 사무실을 배경으로 마지막 필름이 찰칵하고 우리는 날이 밝기를 기다렸다.

자연의 순리대로 밤 9시가 되어서 만조시간이 되자 물이 가득 찼고 시간이 지나면서 물은 점점 빠지면서 밤 10시경에 내리던 비도 그쳤다.

날이 밝자 우체국 앞길이 보여서 나는 박 주임에게 교환실 청소를 당부하고 그 길로 구산면 수정우체국으로 달려갔다. 그곳의 배치 공무원은 일찍 나와서 사태를 수습하고 있어서 어젯밤 상황을 듣고 우선 교환실 상태를 파악했다. 다행이 사무실은 침수되었으나 교환시설은 피해가 없어서 소통이 가능했다.

어젯밤에 피신한 교환원들을 소집하고 배치 공무원에게 교환업무를 당부하고 나서 나는 본국 상황실에 보고한 후 직접 방문한 다음 대책을 마련하기로 하고 본국을 방문하기 위하여 출발했다.

중간에 도로가 끊어져 오토바이를 세워두고 걸어서 현동 검문소에 도착하여 밑창이 떨어진 운동화를 갈아 신고 경찰관의 도움으로 마산국에 도착했다.

나는 재난 상황실로 들어가서 반동, 수정 피해 사항을 보고하고 우선 반동의 교환대 복구 작업 시급성을 강조하여 본국의 지원을 확답 받고 빵과 우유를 먹고 소파에 잠이 들었다.

오후 3시경에 깨어나서 본국의 지원으로 반동으로 돌아와 다음날부터 관내 전 지역을 순회 점검하여 시설 피해를 파악하고 본국의 지원으로 전송장치 교환대를 긴급 복구하여 우선 소통으로 주민들의 편리를 제공하게 되어 기뻤다.

나머지 시설피해는 본국의 시설과 시급성의 차등에 따라 복구하게 되었고 10월 중순 경부터는 본국의 시설을 정비하는 지원을 명받아 근무일수 대비 50%는 마산국으로 출근하였다.

11월 초순경 바닷바람이 쌀쌀한 어느 날 우체국장은 나와 강호문 추진위원장님과 술자리를 마련하여 나에게 도지사 표창 양보의사를 물었다. 지난 폭우로 고생한 사실을 주민들이 면장에게 진정하여 군청에서 도청으로 지사의 표창을 상신하게 되어 민은식 우체국장이 승진을 대비하여 표창이 필요하다고 말하며 주민들의 여론 때문에 대상자인 나에게 직접 양보를 당부한다는 말씀에 실로 그날 있지도 않은 우체국장이 표창 욕심을 내는 것은 도리가 아니지만 주민대표자인 강호문 어른의 부탁도 거절하기 어려운 처지로 나는 젊음이 있으니까 다음에 또 기회가 있을 것을 기대하고 서운한 기색을 감추고 양보하였다.

나는 그 자리에서 먼저 일어나 주재원 사무실로 와서 고개를 숙이고 있었는데 교환 휴게실에 쉬고 있던 한 교환원이 60번! 뭐 고민이 있어요

하면서 교환실과 마주 보는 유리문을 두드렸다.

나는 바닷바람을 쐬러 가자고 하여 오토바이에 태우고 5분 거리 필환 친구 공장으로 갔다. 친구는 우리를 반기며 문어 두 마리를 썰어서 먹으면서 음악을 크게 틀어놓고 놀다가 돌아왔다.

1979년이 저물어가고 반동주재원으로 안정을 찾아 일상으로 근무하고 있을 때 본국의 주임인 영식, 창호 형님이 아무래도 말수의 기량이 필요한 실정이라며 나의 의중을 물었다.

나는 주재원으로 상주하기를 원하였지만 심상치 않은 예감이 들어 마음이 들떠 있었다. 예전에 경남건설국에서 관장하던 의창군의 10개 면 시설과 중부 경남의 회선망을 중계하고 관리 유지하는 마산 통제를 1977년 7월 1일부터 마산국에서 인수하여 유지 관리하는 조직개편 이후 처음 선발되어 관내 시설을 관리한 경험과 그 이전부터 마산 통제에서 근무하는 직원들과 유대가 깊은 점을 고려하여 심말수가 시설파악 및 도면수정 업무에 적합한 사람이라고 본국으로 복귀할 것을 요구했다.

나는 마산으로 들어오기 싫었고 반동주재원이 좋았다. 그러나 직장에서 상관의 명을 거역할 수 없는 사실로 1980년 3월에 본국으로 출근했다. 반동을 떠나기 싫어서 짐은 그대로 두고 몸만 나온 나의 마산생활은 한참동안 반동의 향수를 못 잊어 몸살이 났다.

현장에서 일하던 나는 별다른 희망이 없다고 생각하여 친구들과 어울려서 닥치는 대로 생활했고 고향의 어머니 생각이 나서 얼마동안 고향에서 출퇴근하였으나 첫차와 막차로 통근하는 데에 무리가 있어 다시 마산에 있던 고향 친구들과 자치를 하였다.

가끔씩 찾아오던 순이는 고향 친구들과 같이 밥과 술을 먹는 날이 있었고 그러던 중 임신을 하여 우리들의 미래를 걱정하여 의논 끝에 낙태수술을 하는 일이 있었다.

퇴색되었던 엽록체들이 한 잎 두 잎 그 자태를 소생시키는 따스한 봄의 기운에 설렜다. 마산 어시장 옆 여객선 터미널에서 뱃고동 소리가 울렸다.

나는 재준 형과 5월 5일과 8일 사이에 연가를 내고 배낭을 챙겨 남해안 여행을 떠났다. 선창에서 짠물냄새를 맡는 그 시간부터 우리는 몸이 달았다.

오후 2시에 출발하는 동일호를 기다리며 어시장 고무통에서 횟감을 골라 초장과 쌈장을 도시락으로 주문하고 멍게 파는 아주머니는 총각! 요즘 멍게 향이 최고다 하는 소리에 한 봉지 다듬어 배에 탔다.

부우웅! 검푸른 바닷물을 가르며 남도로 향하는 동일호는 하얀 거품을 내고 갈매기 떼가 손짓하는 선상에 앉아 마산의 명물 무학을 따르며 그동안 답답했던 마음을 바다에 쏟아버리고 어시장 아주머니가 장만하여준 안주를 먹으면서 노래를 불렀다.

선상에서 만난 여행객들과 어울려 시간가는 줄 몰랐고 어느새 동일호는 해금강에 도착했다. 우리는 작은 배로 갈아타고 해금강을 한 바퀴 돌면서 구경을 하고 선착장이 있는 마을로 가서 민박집을 정했다.

여관이 없던 어촌마을은 해금강을 찾아오는 전국의 관광객들을 민박으로 유치하였고 우리가 정한 민박집에서 저녁밥과 된장찌개를 하고 있을 때 주인아주머니는 우리가 쓰고 있는 방이 크다며 늦게 찾아온 미국 남자와 한국 여자 커플을 방 가운데 커튼을 치고 같이 쓰라고 하였다.

우리를 어쩔 수 없이 아주머니가 갖다 준 커튼을 치고 밥과 술을 먹고 있었는데 미국 커플은 키스하는 소리를 내며 심한 행위를 하여 우리는 방을 나와 집주인 아저씨가 쓰고 있던 방으로 가서 밤새도록 아저씨의 인생사를 들었다.

주인아저씨는 젊었을 때부터 고깃배를 타고 객지로 떠돌이 생활을 하면서 본처는 고행에 두고 다른 여자와 살림을 하다가 나이 많아지고 건강이 좋지 않아서 본가로 돌아왔다는 자신의 경험을 얘기하면서 우리들의 젊음을 낭비하지 말라고 충고하셨다.

다음날 아침은 민박집의 해산물로 해결하고 통영으로 가는 배를 탔다. 한산대첩의 흔적을 찾아보고 뱃머리에서 파는 해산물을 맛보며 우리는 마산에서 같이 근무했던 남해의 서재갑에게 연락하여 그곳으로 갔다. 오랜만에 만난 재갑은 우리들을 반기며 회포를 푸는 자리를 마련하여 주어서 하룻밤은 여관에서 편하게 지냈다.

다음날 아침을 먹고 우리는 남해 노량으로 걸었다. 논밭에서 일하는 아주머니들에게 마늘종을 얻어먹고 시골 회갑 잔치에 쓰려고 시루떡을 해 가는 아주머니를 따라 버스를 타고 시루떡 2개를 얻어먹으면서 노량에 도착하여 노량 다리 밑에서 고깃배를 만나 비상금 이천 원을 털어 생선 횟감을 사고 마을 구석진 곳에 텐트를 쳤다.

배낭에 들어있던 쌀과 부식, 술을 꺼내어 생선회를 된장에 찍어 먹으면서 재준 형과 나는 여수, 순천을 거쳐 마산으로 돌아가는 계획을 의논하였지만 여행 경비가 부족하여 걱정이 되었고 누워서 쳐다보는 밤하늘에 달빛과 별빛은 풍족하여 노량만을 가득 채웠다.

코펠뚜껑을 술잔으로 주고받으며 노래를 부르고 있을 때 손전등을 비추며 우리 곁으로 다가온 경찰관은 신분증 제시를 요구했다. 우리는 신분증을 내어주고 고성방가 금지의 충고를 받았다. 그리고 나를 보며 고향이 어디냐고 물어보는 경찰관은 조용히 나를 불러 고향선배라며 내일 아침 교대 전에 오면 커피 한잔을 준다고 파출소로 오라고 하였다.

그날 밤은 달도 차고 기분도 좋아서 둘이는 방파제로 내려와 밤낚시를 하던 사람들과 어울려서 매운탕을 얻어먹고 텐트로 돌아와 깊은 잠에 들었다.

다음날 아침에 일찍이 파출소로 가서 선배에게 커피를 얻어먹고 염치없는 용기를 내어 노량에서 여수, 순천을 거쳐 마산으로 가는 계획을 말하고 선배의 도움을 받았다. 선배는 공무원이라는 사람이 너무 계획성 없이 여행 한다고 충고를 하였다.

재준 형과 나는 선배의 도움으로 배표도 구하고 한려수도를 구경하면서 여수에 도착했다. 어느 곳이나 해안이 있는 도시는 해산물이 풍부하여 어시장에서 먹을 것을 준비하여 여수 오동도 방파제로 가서 자리를 폈다.

오동도에서 바라보는 여수 앞 바다는 아름다웠고 불어오는 바닷바람은 나그네의 땀과 피로를 녹여주었고 해산물과 소주는 우리의 기분을 상승시키는 청량제로 그곳의 풍경과 어우러져 여유로운 남도의 풍치를 만끽하였다.

3박 4일의 바쁜 일정으로 우리는 순천으로 가서 마산행 열차를 탔다. 열차 안에는 어버이날로 흥겨운 분위기가 여러 곳에서 펼쳐지고 나는 그 속에 어울려 오징어무침과 막걸리를 얻어먹고 재준이 형에게 먹을 것을 챙겨 주었다.

열차는 달리고 분위기는 달아오르고 우리는 달리는 열차에서 이 칸에서 저 칸으로 다니면서 여행 마지막 날을 즐겼고 시간이 흐를수록 여행객들은 줄어들어 어느새 어둠이 깔린 마산역에 열차는 종착했다. 열차에서 내린 우리는 부림시장 통닭 골목으로 가서 우리의 단골집에서 외상으로 배를 채웠다.

연휴를 보낸 나는 일상으로 돌아가 생활하였으며 뚜렷한 목표가 없는 젊은 날을 보냈다. 직장에서는 필수인원이지만 나의 마음은 허공에 떠 있는 사람으로 연가를 사용하여 전국을 여행하는 재미로 허전한 마음을 달래었으며 진주에서 형갑이와 같이 지리산을 다녔던 생각이 나서 재준

이형과 같이 지리산 등산을 하면서 많은 추억을 쌓았다. 여행을 재미로 휴일을 기다리며 생활하던 1981년 말경에 순이는 임신 사실을 알려 우리는 북마산 화성동에 셋방을 얻어 살림을 차렸다.

옆집의 새댁은 북면 사람으로 우리와 같은 처지로 임신하여 순이와 친구가 되어 배가 불러가는 이야기로 산부인과와 시장을 같이 다니며 좋은 이웃이 되었다. 나는 기다리는 순이가 있어 직장에서 친구들을 뒤로하고 순이가 좋아하는 붕어빵, 순대, 과일을 사들고 집으로 오면 나를 반기는 순이가 좋았다.

그렇게 하여 1982년 8월 26일 북마산 산부인과에서 큰딸 민주가 태어났다. 내 눈에 보석으로 우리는 행복했다. 어린 딸을 안고 계단을 오르내리는 순이는 숨이 차다고 하여 우리는 처가와 가까운 석전동으로 이사를 하고 처가를 오고가며 여유로운 육아생활을 하였다.

예전에 혼자 지내던 나의 생활은 시간이 갈수록 추억으로 밀려나고 눈망울이 초롱초롱 한 나의 보배는 책임을 느끼는 아버지로 바뀌어 갔다.

흐르는 시간만큼 커가는 딸을 보며 사람 사는 재미가 또 다른 감정으로 기쁨을 찾아가던 1983년에 큰딸 민주의 돌날이 되었다. 남의 집에서 생활하는 것은 생각하지 않고 내가 알고 있는 사람들을 초청하고 총각시절에 처남댁과 어울려 내 방에서 춤추고 놀던 아주머니들을 동원하여 음식을 만들고 집주인의 거실을 개방하여 많은 손님들이 늦게까지 놀다가 돌아가는 딸의 돌잔치에 순이는 행복하다고 하였다.

처남댁이 가까운 석전동 생활은 순이가 아이를 데리고 처가를 오고가며 처남댁의 도움을 많이 받았으며 마음이 편안한 시간으로 아이를 돌봤다.

내가 처음 마산으로 발령받아 와서 잠자는 방을 정하여 지내면서 인연을 맺은 지 6년이 되어 이제는 한 가정을 이루고 다시 찾은 석전동은 딸아이를 가운데 두고 누워서 우리의 보금자리 아파트 입주를 설계하고 월급으로 생활하면서 적금을 들었다.

아이가 커가는 모습을 보며 직장을 다니던 나는 1983년 초순에 삼진면 자동화 계획으로 삼진면의 신규 승낙 대상자 현장 실사를 맡아서 3개 면을 다녔고 그 당시 진북분국을 건립하고 시설을 수용하는 기계 전송설비, 교환설비 선로시설공사를 하고 있었다.

나는 분국 건립공사현장을 방문하여 시설을 둘러보면서 사택이 빨간색 기와로 주변 환경이 너무 좋았으며 마을 사람들이 구경 와서 누가 살 집인지 참 좋겠다며 부러운 목소리를 내었다.

나는 마산국으로 들어와 내용을 알아본 결과 분국장 내정자로 박경도 씨가 되어 있었고 박경도 씨는 진동면 죽전마을이 본가로 농사를 짓고 있는 실정이라 관사로 이사 오는 계획이 없었다. 나는 이때부터 이곳 근무를 지원하여 사택에서 거주할 계획을 하고 다방면으로 나의 뜻을 이루기 위한 노력을 하였다.

1983년 9월 31일에 전북 분국이 개통되어 개국 선발 근무자로 발령을 받았다. 그리고 분국장과 협의하여 며칠 뒤 사택으로 이사를 하였다.

거실과 화단은 붉은 석재로 연결되어 햇볕과 공간이 좋았으며 살림살이를 정리하고 난 순이는 좋아했다. 나는 순이에게 미리 말하지 않고 사택 입주 협의가 결정된 후에 말하여 순이의 감동하는 모습이 예뻤다. 큰딸 민주의 돌날까지 말하지 않고 있다가 이사를 하게 되어 우리는 무엇인가 이루어진다는 감동을 느꼈다.

이사를 마친 뒤 살림하는 집 구경을 하기 위해 마을 사람들이 찾아오고 나는 화단에 국화를 옮겨 심고 사택 구석진 마당에 텃밭을 만들었다.

분국의 직원은 20여 명으로 나는 본국에서 활동한 경력으로 분국의 노조반장을 하여 가족 같은 분국의 현실을 참고해서 분국장과 직원들의 유대강화로 업무에 원활을 기하였으며 노조를 통하여 마산시장님의 표창을 받았다.

분국에서의 생활은 고향이 진동인 김홍환 직원의 소개로 친구들이 지방유지분인 사람들이 많았고 같이 자리하는 나의 생활에도 윤활유 같은 활력소가 되어 좋은 점이 되었다.

지역주민들이 바라는 통신시설의 필요성에 따라 고향인 분국장과 김홍환 씨의 역할이 컸으며 나의 협조는 절대적인 관계로 주민들로부터 기부도 받고 직원들의 회식도 자유로웠으며 지역의 유지들이 주선하는 뱃놀이와 사냥에도 참여하였다.

이런 고마움의 성의로 나는 분국 앞 숲에서 놀 수 있는 평상을 4개 만들어 마을 노인들에게 자리를 제공하였다. 면장님은 지역 신문에 알려

분국의 위신을 세워 주었으며 체면이 당당한 본국장은 본국에 들어가서 자랑하기도 했다.

제9화. 사랑하는 반려자와 결혼식을 올리다

*우리가 살고 있는 사택에 고향의 어머니와 형수, 거창에 계시던 장모님
이 다녀가시고 우리들의 결혼식 문제도 추진되어 1984년 3월 10일 근로
자의 날에 큰딸 민주를 데리고 마산예식장에서 결혼식을 올렸다.*

우리가 살고 있는 사택에 고향의 어머니와 형수, 거창에 계시던 장모님
이 다녀가시고 우리들의 결혼식 문제도 추진되어 1984년 3월 10일 근로
자의 날에 큰딸 민주를 데리고 마산예식장에서 결혼식을 올렸다. 양가의
어머님과 형제 일가친척들과 축하객의 성원 속에 우리는 부부가 되었고
둘이는 한없이 기뻤다.

큰딸 민주를 처남댁에게 맡기고 우리 부부는 경주로 신혼여행을 가는
길에 1976년 마산발령 와서 만난 현영기 친구가 대구의 자기 집에서 한
잔하고 가는 제의를 하여 우리의 오 총사 재준, 인식, 성수, 영기와 나는
대구에 있는 영기 집으로 갔다.

영기는 마산국에 근무하다가 1977년에 경제기획원으로 전보 발령되어 대구 통계청에서 같이 근무하던 아내를 만나 결혼하여 그날 우리들을 반겼다.

영기의 아내는 남편이 총각시절 마산에서의 많은 이야기를 들어 끝내 주는 멤버들로 알고 있다며 양주는 얼마든지 있으니 마음껏 즐기시라고 하면서 정보통이던 신부와 따로 대화를 나누었다.

우리는 지난 일들로 마산의 향수를 타서 술을 마시며 즐기는 밤 10시 쯤에 영기가 사람을 시켜 우리 부부를 경주 조선호텔로 데려주고 우리 부부는 와인을 마시며 축의금 봉투를 열어 현금을 정리하면서 결혼 첫날 밤을 지냈다.

날이 밝아 경주 시내의 곳곳을 돌아보면서 신라 천년고도를 이틀 동안 구경하고 마산으로 돌아와 처가에서 하룻밤을 지내고 민주를 데리고 사택으로 돌아왔다. 경주 신혼여행의 추억은 우리 부부가 살아가면서 힘이 되어 주어 가끔씩 신혼의 향수를 찾아서 경주로 구경 다녔다.

그리고 우리 가족은 많은 사람들의 부러움을 사면서 살았으며 우리 집을 찾아오는 손님들이 많아서 지산에 살고 있던 수산물을 경매하던 아저씨가 우리 집에 생선을 고정으로 제공하였으며 나도 새벽공기가 좋아서 가끔 공판장에 가면은 수협의 직원이 알아서 챙겨주는 재미가 있어서 우리 가족은 행복한 나날을 보냈다.

진북분국에서 근무하는 동안 이웃과 주민들의 유대가 좋았으며 직원들도 우리가 생활하는 사택을 자유롭게 왕래하여 아내도 부담 없이 지낼 수 있어서 좋았다.

그렇게 지내던 1984년 10월 14일에는 둘째딸 민혜가 마산 파티마병원에서 태어나서 나는 딸딸이 아빠가 되었다. 한 겨울을 제외하고는 사택 주변에 꽃이 만발하였고 앞마당은 잔디와 나무로 아이들이 놀기 좋은 환경으로 기계실로 통하는 후문이 사택과 연결되어 아이들은 삼촌들이 데리고 놀았다.

삼진지역을 주름잡던 옥근 형님은 진동시장통에 집을 두고 1층에는 가게를 운영하고 2층에는 살림하는 안정된 생활을 하였으며 형님의 어머니가 나와 같은 성씨로 외가의 동생처럼 챙겨주었다.

사냥과 낚시, 꽁치 주낙을 잘하여 항상 먹거리가 풍족한 옥근 형님은 나를 생각하여 지역 주민과 연결 자리를 마련해서 내가 살아가는 데 많은 도움을 주었다.

아버지가 공의 진료소를 운영하고 아내가 당구장을 운영하던 고영민 형님은 전국의 맛집을 찾아다니며 즐기는 미식가로 옥근 형님과 같이 오토바이를 타고 전국투어도 몇 차례 다녔으며 진동에서 철공소를 운영하던 영호형님은 창작성이 뛰어나 내수면 양식장시설 전문 업체의 사장이었다.

인생을 즐긴다는 형님들 중에는 농협의 권영덕 부장 이발소의 동관 형님도 모임에 빠지지 않았으며 지역사회의 파란만장한 멤버들 사이에 나는 사랑받는 동생으로 항상 자리를 같이 하였다.

아이들 양육에 바쁜 시간을 보내던 아내는 지역에서 젊은 사모님으로 사랑받았으며 아이들을 키우는 이웃들은 아이들을 데리고 사택을 찾아와 공간이 넓은 마당을 놀이터로 뛰어 놀 수 있어 좋아했다.

아내는 찾아오는 사람들에게 차와 과일을 내어주고 거실에는 주부들이 모여 대화를 나누며 즐기는 시간으로 편안한 장소가 되었다.

아내의 발바닥은 땀이 나지 않아 일 년 내 갈라지는 현상으로 아파했고 나는 사냥을 하던 옥근 형님에게 부탁하여 노루 뼈를 가져와서 사택 지하 연탄보일러에 올려 고아서 아내에게는 소뼈 곰탕이라 하고 먹였다.

그리고 진북면 상북골에 있던 털보염소 목장에서는 여자들에게 좋다는 염소를 쓸개는 소금기름장에 찍어 소주 한 잔과 나를 먹게 하고 뱃속에 들어있는 새끼는 사모님한테 좋다 하여 비닐봉지에 싸 주었다.

나는 털보 아저씨가 시키는 대로 그물망에 넣어서 곰탕을 하여 국물만 담아 아내에게는 소뼈 곰탕이라고 먹였다.

아내는 한꺼번에 너무 많은 곰탕을 준다고 지겨워하며 지난번 곰탕과 맛이 다르고 이상하다며 먹기 싫다고 하여 당분간 쉬었다 먹자고 해서 나는 재빨리 보일러실 있던 나머지를 치웠다.

그리고 한 달쯤 지나서 아내의 발바닥은 윤기가 나고 조금씩 달라졌다.

그런 일이 있고 난 후로 털보목장 사장님은 수시로 전화하여 뱃속에 든 새끼 염소를 가져가서 사모님에게 먹이라고 하여 나는 그때마다 소뼈 곰탕으로 둔갑시켜 아내에게 먹이던 어느 날 아내가 보일러실 비닐봉지에 들어있는 이상한 형태를 보고 나에게 물어서 진땀이 났다.

나는 아내를 달래며 노루뼈라는 사실은 숨기고 몇 달 전 털보목장에 전화를 설치하기 위해 마산에서 인력 지원을 받고 전주를 건식하여 해결하여 준 나에게 보답하는 뜻으로 본국 직원들에게는 염소고기 회식을 마련하여주고 별도로 사모님에게 좋은 약을 준다고 해서 당신 몰래 곰탕으로 둔갑시키게 되었다고 말했다.

이래저래 투정하던 아내를 달래고 그 뒤에 아내의 발바닥은 윤기가 났다. 아내도 신기하여 새댁들이 모이면 여자들의 희소식 정보로 경험담을 이야기하며 웃음꽃을 피웠다.

사택의 발전기실 옆 천막에는 언제든지 화로에 숯불을 피워 고기도 구워먹고 텃밭의 고추, 상추 농사는 만인의 먹거리로 생산을 하여 주변사람들과 융화할 수 있는 환경이 되었으며 우리 가족의 여유로움도 가질 수 있는 터전이 되기도 하였다.

그러던 1985년 11월 13일은 아들 인보가 마산 중앙산부인과에서 출생하여 우리 식구는 다섯 명으로 딸 둘에 아들 한명이라 주위의 부러움이 되었다.

큰딸 민주는 다섯 살 나이로 진북면 농업기술센터 건물에 있던 동그라미 미술학원에 다녔으며 우리가 살고 있던 사택에서 거리가 가까워서 학원수업을 마치면 선생님이 집으로 데려다 주었다.

아내는 선생님의 고마움에 아이들의 간식을 준비하여 학원을 방문하고 어머니들끼리 모여서 우리 집에서 점심을 먹고 아이 키우는 이야기로 엄마들의 지혜를 모으는 시간이 되기도 하였다.

민주가 미술학원을 1년간 다니고 수업을 마칠 즈음 상장을 받아왔다. 우리 부부는 딸이 장하여 기뻤으며 나는 상장을 들고 진동에 있는 유리 제작 집으로 가서 액자를 맞추어 내가 받았던 시장, 국장 표창 액자와 나란히 걸어 놓고 볼 때마다 기쁨을 가졌다.

아내와 나는 우리가 살아가면서 좋은 일이 있을 때마다 기념으로 2푼짜리 18K 실반지를 두 개 하여 각각 하나씩 가지고 나중에 아이들이 커서 결혼하게 되면 나의 것은 며느리에게 아내 것은 사위에게 물려주자고 하여 많은 실반지가 모여 갔다.

그리고 1986년이 되어 진북국에서 관리하던 진전면 전역과 함안군 여항면 산서지방 시설이 마산본국 수용시설로 편입되는 공사가 완료되어 TS128 전자방식으로 분국과 분리하여 유지 관리하는 제도개편이 시행됨에 따라 나는 성삼이 동생과 함께 진전으로 주재 파견 근무를 하게 되었다.

우선 관할지역이 분리되어 진전, 오서 집선장치실에 사무, 휴게 공간을 만들고 냉, 난방 시설을 전자시스템과 적절히 관리함으로써 독립적인 생활이 충분하였다.

나는 1987년 4월에 가족을 데리고 집선국 가까운 곳에 이사를 하였다. 우리가 이사한 마을은 권양숙 여사의 고향으로 서울댁이라는 집에 권씨 일가의 젊은 부부가 위채에 살고 있었으며 비어있는 아래채를 사용하기로 하였다.

그리고 이미 1월 26일부터 술, 담배를 끊고 생활하여 시골에서 주재한 경험이 있던 나는 지방유지분과 주민들의 눈을 의식하지 않을 수 없는 공직자의 자세를 알고 있었다.

넓은 공간에서 생활하던 우리 가족은 예전에 비교하여 답답한 환경으로 아내의 마음을 생각하여 집선국과 50m 정도 떨어진 우리의 거취생활을 조금이라도 편리하게 활용할 수 있도록 집선국에 소파를 놓고 우물 옆 감나무 밑에는 평상을 두 개 만들어 우리 가족과 이웃이 놀 수 있는 자리를 만들어주고 마산의 본국을 찾아가서 사택을 건축하는 방안을 제시하였다.

집선국 대지가 주택지로 100평이 넘어 충분한 공간이 된다는 평가에서 부산본부 관재과장님이 현장 답사를 다녀갔다.

진전에서 생활하는 동안 오토바이에 아내와 아이 셋을 태우고 시골 목욕탕에 갈 때면 우리를 보는 사람들마다 웃었고 시골지서의 경찰관은 우리를 보고 어! 어! 하다가 그냥 지나치는 일이 있었으며 여름에 냇가에서 만난 경찰관은 자기도 아이를 태우고 왔다하며 서로 마주보고 웃을 때도 있었다.

내가 상주하는 집선국에는 평일 점심시간과 토요일 퇴근 시간 이후에 인근의 공직자들끼리 모여서 바둑, 장기를 두며 놀기도 했다.

면사무소, 지서, 우체국, 농협, 지도소 등의 직원들은 시골의 민원을 의식하여 같은 처지의 사람들이 모여서 지내는 것을 마음 편하게 생각하여 음식도 시켜 먹었다.

진전에서 생활하는 동안 나는 술, 담배를 먹지 않아서 주민들은 나를 보고 모범 공직자로 자상한 남편과 아이들의 아버지로 좋은 평가를 하였다.

마산국의 친구들과 진동면의 형님들은 진전으로 이사 간 나를 술, 담배 끊고 많이 변하였다고 하였으며 나는 아내와 의논하여 우리의 시간을 조금이라도 헛되지 않으려고 일본어 책을 두 권 구입해서 같이 공부했다. 그러던 1987년 늦가을에 우연히 직장인을 위한 현대 신인 문학 작가 모집에 정자나무라는 제목으로 수필을 써 내어 당선되었으며 원고료와 신인작가라는 호칭이 주어졌다.

나는 아내에게 자랑하며 아내와 같이 아이들을 데리고 마산 부림시장으로 가서 2시간을 돌고 돌아 아내의 옷 한 벌을 사고 부림시장 먹자골목에서 떡볶이와 순대, 김밥을 사먹고 또 두 시간을 돌아서 아이들 옷을 샀다. 그리고 시골로 가는 버스를 타고 집으로 돌아왔다.

우리 부부는 아이를 업고 시장을 다니면 아이들이 지쳐 울기도 하였지만 생각하면 그때가 행복했다. 그런 계기로 현대문학작가협회에서 오는 소식지를 보고 일 년 동안 글을 써 보내는 것이 나의 일과로서는 벅찬

문학작품 활동이 되어 그쯤에서 그쳤다.

1987년의 어느 날 산서 여양리에 이수호 씨가 집선국으로 찾아왔다. 이수호 씨는 자기의 사정을 말하면서 자기가 임시로 거처하고 있는 여항 마을 산중 천막집에 전화를 넣어 달라는 부탁을 하였다.

나는 이수호 씨와 같이 천막집을 실사하여 마을과 1.3㎞ 떨어진 산중 으로 전화 설치가 불가한 지역이었다.

이수호 씨의 외부 연락이 어려운 현실은 절실한 사정이었지만 마을이 장님과 산서출장소 공무원들이 협조를 당부하여 나는 지역사회의 입장 을 고민한 후 여양이장님집에 전화를 설치하여 주고 그 다음의 방법은 모른 체함으로써 이수호 씨는 인부들을 고용하여 산중에 나무사이로 전 선을 걸쳐 천막집까지 연결하여 사용하는 것을 묵인하였다. 그 뒤 이수 호 씨는 나를 천막집으로 초청하여 인생의 한수를 공부하게 되었으며 좋 은 인연으로 남았다.

그곳은 함안 군북과 여항, 의창군 진전이 접경인 지역으로 여항산 줄 기 산림이 우거진 곳이었으며 산봉우리지대는 갈대숲, 평원이 있던 곳이 다. 그곳의 대부분은 사유지로 일제 강점기부터 주인이 여러 사람으로 해방 후 상속과 소유권자 권리 행사가 미흡한 곳으로 이수호 씨가 인천 에서 재제소를 정리하고 이곳에 우선 10만 평을 확보하고 최종 30만 평 을 목적으로 개간하기 위하여 가족을 인천에 두고 혼자 천막생활을 하 고 있었다.

그때 이수호 씨는 성경에 있는 노아의 방주를 말하면서 그곳에서 일년 정도 생활하는 동안 비가 오는 날에 잠을 자고나면 장판 밑에 깔아놓은 솔잎갈대 사이에서 개구리, 뱀, 지네 등 다양한 벌레들이 나와서 자기와 같이 누워 있어도 아무런 해가 되지 않으며 가족의 일부 같은 느낌을 가진다고하였다. 서로 해치지 않으면 공생한다는 이치를 알려 주었다. 그런 사실은 내가 살아가면서 많은 교훈이 되기도 하였으며 인자무적이라는 사자성어도 새겨두는 계기가 되었다.

그 당시 정부의 장려정책으로 누에고치를 생산하기 위해 뽕나무를 심고 잡목시설을 하는 조건에서 산림벌목, 개간, 도로시설 등이 가능했고 도로개설과 건축부지 조성 묘목 하는 곳에서 큰 나무는 제재소로 작은 것은 굴 양식장에 팔고 정부의 지원금으로 공사비로 쓰며 지역주민들의 민원을 해소하기 위한 방법으로 시골의 나이 많은 분들을 일용인부로 쓰고 하는 공사가 시행되어 합리적인 사업이었다. 당시의 주민 여론으로는 객지 나가있는 자식보다도 이수호 씨가 더 인간적으로 정이 있는 사람이었다.

시간이 지나서 마산의 본국에서 정상적인 선로를 시공하여 주었다. 세월이 지난 후 최종목표를 알게 되었지만 상당한 규모의 사업은 그만한 의미가 있었던 것으로 인생에 참고할 수 있는 좋은 참고가 되었다.

후일 살아가면서 이수호 씨를 통하여 배운 교훈은 미물도 해하지 않으면 상대를 해롭게 하지 않는 이치를 알게 되어 지금도 잊지 않고 있다.

퇴직 후 2010년에 나는 그곳을 방문하여 이수호 씨를 만났으며 병든 부인과 아들의 가족이 함께 살고 있었다. 이수호 씨는 나를 보고 공기 좋은 이곳에서 살다가 저세상으로 갈 생각이라고 언제든지 놀러오라고 하였다.

우리 가족이 진전에서 생활하던 1987년 나는 진동에 있는 형님들을 만나기로 하여 딸 민주를 오토바이 앞에 태우고 놀러갔다. 진동에 계시던 형님들과 형수님들은 민주를 좋아하며 반겼고 용돈도 많이 주어 이모들이 데리고 있는 동안 나는 형님들과 이야기를 나누고 해질녘에 민주를 태우고 집으로 돌아오던 중 인곡삼거리에서 도로가 파인 것을 발견하지 못하여 그곳을 지나가다가 주차하고 있던 화물차의 뒤를 들이받았다.

순간적으로 민주를 안고 쓰러져 나는 의식을 잃게 되어 눈을 뜨고 보니 마산성모병원 응급실이었다. 다행으로 딸 민주는 아무 이상이 없어서 안심이 되었고 나는 오른쪽 다리 인대가 파열되어 수술을 하고 한 달 정도 입원 후 퇴원하여 근무형태는 성삼이 동생이 혼자 외근하여 고생이 많았고 나는 집선국에서 내부 업무로 지냈다.

진전에서의 생활이 어느새 1988년이 되어 큰딸 민주는 300m 떨어진 초등학교 병설유치원을 다녔다. 한 집에 살고 있던 해뜸이 보름이 형제 중 누나인 보름이도 같이 유치원을 다니게 되어 마을에서 아이들이 모여 깃발을 들고 줄어지어 상급학생을 따라 등교했다.

다음해에는 초등학교 1학년이 되어 민주가 학교를 갈 때면 집에 남은 동생들은 심심하다고 따뜻한 5월부터는 가끔씩 민주를 따라 학교로 가서 교실 내 민주의 옆에서 같이 있었고 쉬는 시간에는 운동장에서 아이들과 어울려 놀다가 오기도 하였다. 시골 학교의 선생님은 어린 아이들을 배려하여 온정의 손길 속에 자랐다.

그런 생활로 지내던 89년 9월에 나는 창원국으로 발령이 났다. 먼저 창원전화국으로 가서 전입 인사를 하고 우리 가족은 상남동으로 이사를 하였다.

나는 기술요원실에서 고참으로 퇴직을 앞둔 선배님을 모시고 실장직을 맡아서 현장 직원들 작업 배치와 각종 민원업무 해소 등으로 바쁜 일정이 시작되었다.

그해 연말 상북 분국 수용 개통이 임박하여 이초걸 과정님은 나를 불러 마산에서의 기량을 말씀하시며 신규가입개통이 지연되는 선로 공사를 예상하여 대책을 강구하고 해결하도록 공사 감독을 맡겨 나는 익숙하지 않은 지리와 시설이지만 시설도면과 유휴공심선을 파악하여 준비하고 시설 업체 사람들을 모아놓고 개통의 임박한 사항을 설명하고 나의 지시를 최선을 다하여 따를 것을 강력히 당부하여 상복 분국 수용 개통을 완수하게 되어 국장님과 직원들은 감탄하는 성과를 보였다.

그 당시 인연이 된 김해의 배중호는 형님 동생 하는 사이로 나중에 성공한 업체의 사장이 되었고 연중 공사감독을 겸임하던 나의 지원에 많은 성장을 하였다.

아이들은 상남초등학교를 다니고 아내는 아이들 뒷바라지와 살림으로 바빴으며 우리는 시골과 비교하여 어려운 생활비와 집값에 내 집 마련의 걱정이 생겼다.

우리가 진전에서 창원으로 이사하여 상남동에 살고 있다는 소식을 들은 고향의 어머니는 내가 살고 있는 집으로 왔다. 아들이 자기 집을 마련하지 못하고 남의 셋방살이를 하고 있는 것을 보고 많이 안타까워하시며 어린 손자 손녀들이 커가는 것을 염려하여 작은 아파트라도 살 수 있는 준비를 하라시며 학교에 갔다 오는 아이들을 반겨 주었다.

나는 어머니가 계시는 동안에 직장에서 운영하는 충남 도고온천 수련관 이용을 신청하여 어머니를 모시고 아내와 아이들을 데리고 2박 3일 휴양을 갔다.

어머니는 아들이 좋은 직장에 다녀서 이런 곳에도 올 수 있다고 좋아하시며 수련관에서 제공하는 시설과 음식이 좋다며 고향에 가면은 이웃들에게 자랑할 것이라고 하였으며 이튿날 관광버스를 제공하여 하루 종일 선견지 순례를 하면서 맛있는 점심식사를 그곳의 특산물로 먹고 즐거운 시간을 가졌다.

내가 어릴 때 여름이면 어머니는 이웃 아주머니들과 먹을 것을 준비하여 동네에서 멀리 떨어진 영남이라는 모래시장에 찜질을 하러가던 때가 있었다.

나는 어머니를 따라서 그곳을 가면은 뜨거운 모래보다 강물에서 놀던 것이 생각나서 아내에게 3일 동안 어머니를 온천탕으로 모시라고 하여 온천수를 즐기는 어머니의 모습이 좋아 보여서 어머니 옆에 누워 옛날이야기를 나누었다. 아내와 아이들은 어머니와 같이 지내는 시간이 행복하다고 하였으며 우리는 3일간의 휴양을 마치고 창원으로 돌아왔다.

한 달 정도 막내아들 집에서 보낸 어머니는 고향의 이웃이 생각난다고 하여 나는 어머니를 시외버스터미널에 모셔 드리고 어머니는 며느리가 주는 용돈보다 아들이 주는 용돈이 좋다고 하시며 나에게 좋은 한약재를 지어 보낸다고 하였다.

버스를 타고 멀어져가는 어머니를 보고 나는 손을 흔들며 어머니가 보이지 않을 때까지 터미널에 서 있었다. 그리고 집으로 돌아와 생활에 충실했다.

나는 그 당시 하는 일이 너무 많았으며 공사감독을 하는 사람으로 일하는 사람들에게 간식과 음료수를 사줘가며 일을 시키는 것으로 일반적으로 생각하는 것보다 나의 아내는 고생이 많았으며 돈을 모으는 계획은 어려움이 있었다.

출근하면 현장의 작업배치 외 시설파악, 공사자료 수집, 각종 행사 지원, VIP 고객관리, 도면전산화시설조사, 안전관리 제안제출, 위험예지훈련 경기대회, 전국 통신 경기대회 선수선발 지도교관 전시대비 필수요원, VIP 경호통신, 안전검측, 체전주관, 고객 인프라팀장 등 일하는 범위가 너무 방대하였으며 그런 가운데 선로실무, 공사감독, 선로설계, 시험장비 측정, 데이터 전송 등 연수원 교육을 모두 우등으로 표창을 받았으며 연중 공사감독을 겸임하는 것으로 힘이 들었지만 보람도 있었던 창원전화국 출발을 하였다.

그러던 가운데 노조대의원, 조직부장, 구내식당 운영위원을 맡아 시장기, 협회장기 축구, 배구, 자체 단합대회 때마다 식당의 일손을 빌려 음식을 제공하고 여러 방면에서 나의 지시로 안 되는 일이 없었다.

나는 현장직원들의 사기 진작을 위하여 시청로터리 중앙 잔디밭과 체육공원 잔디밭에서 단합대회를 추진하여 불만 없이 일할 수 있도록 하였으며 축구회장으로 각종 행사 때마다 지원금을 받아서 체육복, 축구화 등을 아낌없이 지원하였으며 회장을 오랫동안 하면서 진주, 거제, 함안, 의령, 창녕, 밀양국의 원정 경기도 활성화하였으며 여름에는 야외 캠핑행사도 추진하였다. 이때 행정부서의 최문호 친구는 부서 간 상생하는 차원으로 정보를 공유하고 기술부서의 단합자리에도 많이 참석하였다.

내가 영업 3팀에 차장을 하던 때에 문호는 영업 1팀장을 하여 같은 부서에도 근무하기도 하였다. 이때 군대에서 제대하여 복직한 신상민은 부산 수산대에 주간을 다니며 직장을 다녀야 하는 어려움이 있어 나는 상민이에게 도면전산화 자료 조사를 시켜서 근무시간과 학교수업을 병행할 수 있는 방안을 교수님에게 의논하여 대학을 졸업할 수 있도록 지원하였다. 배움을 갈구하며 직장을 놓칠 수 없는 젊은 상민이는 눈치도 빠르고 야무진 녀석이었다.

마산에서 홀어머니를 모시고 계약직으로 일하던 서여진과 광주 광산에서 올라온 김화수, 전남 영광에서 온 오양호도 어려운 가정사정으로 열심히 일하여 자격증 소지자 특채 시험에 응시하여 합격할 수 있도록 관리부장의 도움을 받아 지원하여 서여진은 창원, 김화수는 울산, 오양호는 함안으로 정규직이 되어 발령 받는 기쁨도 나누었다.

　나는 자식 키워 시집보내는 부모의 마음으로 시원섭섭하였지만 어려운 처지로 열심히 노력하는 사람은 내가 보증을 하여 도와주고 싶은 마음이 있었다.

　양호는 전남 영광에서 고등학교를 졸업하고 군대를 전역한 후 창원국에서 계약직으로 일하였으며 홀어머니는 부산에서 공장을 다니며 생계를 이어가고 명절이 되면 고향 영광으로 가는 청년이었다.

　양호 어머니는 나를 부산으로 초청하여 아들에게 이야기를 들어서 고마워하는 마음으로 직접 밥상을 차려 생선을 발라 나에게 대접하여 인정이 담긴 밥을 먹었다.

　가정 형편이 어려운 양호가 정규직이 되기 전에 전남 목포에서 결혼하여 나는 그곳의 예식장을 방문해서 왠지 모르게 눈물이 흘렀다. 양호의 어머니는 예식을 마치고 식당으로 나를 안내하여 방에서 별도의 상을 차려 양호 아버지가 일찍 세상을 떠나서 내가 아버지 역할을 해 주시는 분이라며 나를 고마워하였으며 홍어를 부위별로 싸서 나의 입에 넣어주는 성의에 나는 감격스러움과 홍어의 매운 맛에 눈물 콧물이 범벅이 되었고

그런 모습의 나를 보는 양호 어머니는 홍어를 제대로 먹을 줄 아는 사람
이라며 계속해서 입에 넣어 주어서 온몸이 땀에 젖었다.

목포에서 양호 어머니를 뒤로하고 창원으로 돌아오는 버스 안에서 어
린 날에 나의 생각을 하면서 하염없는 눈물이 흘렀다.

제10화. 노동조합 활동

　지난날 노동조합 활동에서 갈등과 배신감들이 있었지만 후배로서 선배님들의 고생했던 사실을 외면할 수 없어서 박재용, 배종문 후배들의 제의를 거절하고 찾아온 두 사람에게 소주잔으로 대신하여 돌려보냈던 시절이 나에게는 괴로움이 많았던 때이기도 하다.

　창원국에서 하는 일은 힘이 들었지만 보람도 있었고 휴일에도 자진 출근하여 공사 관련 일을 하였으며 1990년에는 노동조합 경남지역 지부장, 대의원 모임에 총무를 맡아 부산본부 노동조합 유대강화와 조합원 활성화에 2년 동안의 공로에 금배지를 받았다.

　창원국에서 근무하는 동안 나의 역량을 마음껏 펼치며 사무실에 있던 이영곤, 서금수 담당자들과도 협력관계가 원만하여 현장에 근무하는 기술요원실의 관련된 일은 나의 주관으로 업무를 추진하였다.

　그러던 1993년에는 내가 살던 상남지역이 철거되어 우리 가족은 사림동 공무원 연수원 앞으로 이사를 하고 당시 주택조합에 가입한 것을 포기하고 철거민에게 주는 소형아파트 입주 대상자로 선정되어 24평을 신청하고 주민대표자로 우선 추첨권을 부여 받아 117동 309호를 뽑았다.

아내와 나는 내 집 마련의 꿈이 실현된다는 희망으로 기뻤으며 아이들도 학교를 잘 다녔다. 사림동에서 생활하는 동안 집 앞에 있는 테니스장은 아침 운동하기에 좋았고 사격장이 가까워서 산책하기도 좋은 환경이었다.

지난 일로 30대의 젊은 시절에 패기 넘치던 나의 직장과 사회생활은 한점 부족함이 없는 에너지를 태웠고 혈기 넘치는 정열은 나의 일생 중에 보석과도 같은 존재로 40대를 접어들고 있었다.

그러던 1995년 4월 말(음력 3월 30일)에 고향에 계시던 나의 어머니가 79세의 나이로 세상을 떠났다. 나는 하늘이 무너지고 땅이 꺼지는 슬픔을 맞았다. 허겁지겁 달려가서 방에 누워있는 어머니를 끌어안고 눈을 뜨라고 외쳤다. 그러나 어머니의 몸은 차가웠고 대답이 없었다.

형제들이 모여서 어머니의 시신을 본가로 옮기고 장례를 준비하였으며 장지는 아버지 묘소 옆으로 정하고 삼일장을 하여 친척들과 이웃, 마산, 창원에서 찾아오는 조문객들로 출상하는 날까지 묘소로 이어져 상여행렬은 시골 도로를 메웠다.

삼우제를 지내고 막내삼촌과 형제들이 모인 자리에서 내 앞으로 들어온 조의금은 장례비용을 정리하고 사백만 원이 남아서 큰누나에게 삼백만 원 형수에게 일백만 원을 주고 장례를 마쳤다.

내가 어릴 때 많이 아프셨던 어머니는 두 번의 수술을 하고 오랫동안 관리하여 회복되어 25년 정도 더 살고 세상을 떠난 것을 위안으로 삼았다.

여러 면에서 생각하면 그 당시 아버지가 세상을 떠나시고 어머니가 수술하여 몸져누워 있을 때 아버지의 여동생인 고모가 여자들이 자연스러운 우리 집에 사랑방을 찾아오도록 하여 어머니의 마음을 위로하여 건강 회복에 많은 도움이 되었다. 지금 생각해보면 스트레스 해소의 한 방법이 되었다는 것이 좋았다.

나는 장례를 마치고 창원 집으로 돌아와 자식을 키우는 가장의 현실로 어머니가 내 집 마련을 걱정하시던 일이 안타까웠고 아파트 입주를 준비했다.

어느 직장에서 일하는 월급쟁이들의 형편은 비슷한 처지로 가족들과 먹고 사는 가운데 아이들 공부시키며 박봉으로 절약하여 아파트 부금을 내는 부푼 꿈과 재미로 살아가는 나는 아내와 의논하여 입주 전 내는 목돈은 은행 대출로 하는 데 뜻을 모았다.

오랫동안 기다려온 1995년 5월 25일에 우리 가족은 우리의 보금자리 대동아파트로 입주했다. 아내와 나는 새로 장만하는 살림살이를 구매하러 이곳저곳을 다니며 기쁨을 두 배로 맛보며 아이들 방에는 공부하는 책상과 거실에는 조그마한 식탁을 놓고 거실과 연결된 중간 방은 휴게공간으로 사택생활 이후 지금까지 협소한 셋집에서 벗어나 우리 가족은 한 없이 기뻤다.

아내는 시간이 나는 대로 커튼과 액자 등으로 집을 꾸미고 새로 마련한 살림살이를 이리 놓고 저리 놓고 하는 정리를 마치고 처남댁과 같이 집들이를 준비했다.

우리의 보금자리에 지인들이 찾아와서 새벽까지 잔칫집의 분위기를 이어가서 아내와 나는 기뻤다. 그리고 거창에 있는 장모님과 처가의 형제들이 다녀가고 고향에 있는 형수님과 형제 조카들이 다녀갔다. 아내와 나는 아이들과 행복했다.

아이들은 웅남초등학교 웅남중학교로 가는 학군이었고 고등학교도 가까운 곳을 다녀 아내는 아이들이 다니는 학교에 어머니회에서 부회장 직을 받아 오랫동안 봉사하였으며 아이들은 우수한 성적으로 학교를 다녔다.

나는 창원국에서 근무하게 되면서 도청소재지이자 신흥도시로 발전해 가는 창원국의 시설 확충과 각종 중요 행사 지원 필수요원으로 선발되어 내가 하는 일에 자부심을 가지고 제안 건도 많이 제출하여 표창도 받곤 하였다.

그중에서 내가 제출한 제안 건이 특허 건이 되어 나에게 돈을 주어 사려는 사업주가 있었지만 나는 돈을 거절하여 몰래 빠져나가는 일도 발생하여 서운하였지만 국장님과 간부진이 모인 자리에서 용서해주는 여유도 가졌다.

창원에서 근무를 하는 동안 노동조합 부산지방본부위원장 선거에 도움을 요청받아 공가, 연가를 써가며 부산, 울산, 경남을 다니면서 선거운동을 하면서 몸무게가 10㎏ 이상 빠지는 고된 일도 있었지만 나는 선거에 승리하여 최보경, 이상우 두 분의 형님이 위원장으로 당선되었으며 언제나 선거가 끝나면 자리에 연연하지 않고 나의 본 위치로 복귀하였다.

이러한 공로에서 노사협력국에서는 전국의 총무과장 노조지부장들을 선발하여 정부의 정책인 잃어버린 역사를 찾아서라는 제목으로 관급여권을 발급하여 중국의 선견지 순례를 하면서 동북공정에 대한 자국한 민족의 사관을 정립하고 자부심을 가지는 8박 9일의 기회를 주었으며 전국에서 모인 사람들이 단체 행동하는 행사에 총무를 맡아서 전국의 노동조합지부장들이 유대 강화할 수 있고 노사협력으로 상생하는 공직자의 자리로 가치 있는 사회를 보았다.

특히 부산본부 감사실장으로 참석한 이천종 형님과는 룸메이트로 지내면서 형님 아우로 결의를 하여 행사가 끝난 후에도 좋은 관계를 유지할 수 있었으며 퇴직 후 지금까지 서로 왕래하며 지내고 있다.

지난날 노동조합 활동에서 갈등과 배신감들이 있었지만 후배로서 선배님들의 고생했던 사실을 외면할 수 없어서 박재용, 배종문 후배들의 제의를 거절하고 찾아온 두 사람에게 소주잔으로 대신하여 돌려보냈던 시절이 나에게는 괴로움이 많았던 때이기도 하다. 사려 깊은 박양흠, 최선자, 전민진 선배님들의 후원은 나에게 많은 힘이 되었으며 늘 살아가면서 고마움으로 간직하고 있다.

커져가는 경남의 일번지로 창원국의 시설과 할 일은 많아져 1998년에 제78회 체전을 유치하게 되어 나는 제63회 마산체전 유치 때 경험을 살려 성화봉송로 주변, 종합운동장, 보조경기장, 시도 선수단 대기실, 숙소, 프레스센터, 방송중계시설, VIP 경호단 등 통신지원을 책임지고 그해 봄부터 현장팀을 이끌고 준비하여 행사기간 동안 원활한 소통으로 성과를 달성하였다. 이에 경남도청은 나의 공로를 인정하여 문화체육부 장관 표창을 추천하였다.

나의 공적 조서를 올리는 과정에서 전영수 과장은 그 당시 승진시험을 준비하여 나의 양보를 요구하여 나는 도지사 표창을 받았다. 그리고 먼저 공사의 사장, 본부장, 국장, 창원시장, 도지사 표창 추가 한 개는 현장에서 고생한 사람들에게 받을 수 있도록 하여 나는 만족하였다.

창원국에서의 근무하는 동안에 나는 동료 간의 유대를 우선하여 낚시와 등산에 빠지지 않았으며 휴일에 자발적으로 출근하여 일을 찾아가면서 하는 재미가 있었다. 아이들은 성장하면서 공부도 잘하여 우리 부부는 막걸리에 사이다를 섞어먹으면서 여유로운 시간을 즐겼다.

내가 근무하는 동안 인상 깊었던 것은 미국에서 교수직으로 있던 이상훈 박사가 정부의 부름을 받고 통신망 연구소장으로 계실 때 현장체험을 하기 위하여 창원국에 왔다. 일주일간의 체험기간으로 정영주 국장님은 나에게 이틀 동안 지도를 맡겼다.

　나는 소장님을 신입사원으로 받아들인다고 하여 현장 일을 시켰으나 이상훈 소장님은 흔쾌히 수긍하여 훗날 좋은 인연이 되었으며 38세의 나이로 마산국장님으로 부임하여 제63회 체전을 유치한 마산시에 통신 지원을 강조하신 이상복 님은 나사의 성질은 지구의 자유진동에도 풀린다는 이론으로 우리가 하는 일에 신중을 기하라는 설명을 하여 대단히 엄중한 분으로 당시 부산본부장에 부임하여 창원국을 방문할 때 나를 잊지 않고 현장을 찾아와서 역시 심말수는 최고라 칭찬하여 주어서 나는 기쁜 마음과 자부심을 가지게 되었다.

　사무실에 보전담당자로 있던 김종은 동생은 나와는 됐나? 됐다!로 통하는 사이에서 업무추진은 일사천리로 이루어졌으며 내가 너무 전화국 일에 열성적인 태도를 보여서 주변의 동료들이 때로는 반감을 가지는 사항이 있다며 형님이 일을 많이 하고 잘하는 것만이 인생의 전부가 아니라고 나를 충고하는 정보를 주었다.

　나는 동료들과 낚싯대를 챙겨서 거제의 비진도 매물도로 1박 2일을 하면서 고기는 못 잡고 세월만 잔뜩 보내고 오는 날고 있었으며 연가를 내고 토요일에 출발하여 여수에서 거문도, 홍도 등으로 다니면서 돌돔을 60마리 정도 잡는 날도 있었고 여름에 단체로 울릉도를 다녀오고 중국 여행, 말레이시아 여행도 하며 직장생활을 하였다.

　종은 동생은 직장을 다니던 중에 아내가 암에 걸려 국내에서 노력을 다했지만 호전이 되지 않아 퇴직을 하고 미국에까지 가서 아내를 살리려고 하는 정성은 주변의 귀감이 되었고 끝내 아내는 세상을 떠나 안타까운 사실이 있었다.

그때 병원에서 남편의 병을 간호하던 여성도 미망인이 되어 보호자였던 두 사람은 부부가 되어 미국에서 살고 있다. 우리가 살아가는 많은 사연들 중에 김종은 같은 남자와 만나서 살다가 죽는 것은 행복한 여자라고 말한다.

매년 8월이 되면 수방사 내에 있는 중통단에서 필수요원 교육을 받고 8월에 시행하는 을지연습 기간 동안에 전국의 각 시·도청에 파견되어 중앙에서 하달되는 안보메시지를 송·수신하는 장치, 회선 등을 관리하기 위하여 1999년에 경남도청으로 파견되었다.

4박 5일간의 훈련기간 중 종합상황실, 유관기관 문서 취급하는 곳에 비화기를 설치 운영하며 회선을 관리하는 임무를 마치고 귀국한 후 그동안 지연되어 있던 태풍피해 복구 현장에서 작업을 지시 하다가 전신주에 깔려 다치게 되었다.

산재 창원병원에서 입원하여 치료하고 퇴원 후 통원치료를 하는 동안에 큰딸 민주가 당시 고등학교 2학년으로 다니면서 아프기 시작했다.

아내는 딸의 알 수 없는 증세로 고민하고 있었으며 2000년이 되어 민주는 고3이 되었지만 학교를 다닐 수 없게 되었다.

아내와 나는 딸을 데리고 부산, 마산의 대학병원과 정신과 전문병원을 다녔지만 뚜렷한 병명이 없고 의사선생님들은 한결같이 스트레스성 과민증, 우울증이라고 진단하였다.

우리 부부는 딸의 학교를 찾아가서 담임과 교감선생님을 만나서 딸의 상황과 의사선생님의 소견서를 보여주면서 방법을 물었다.

선생님은 안타까워하시며 민주의 성적은 아깝지만 학교는 병결처리 하고 우선 건강을 회복하는 데 노력하시라며 언제든지 회복되면 학교를 나오라고 하셨다.

나는 통원 치료를 하면서 아내와 함께 전국의 병원과 명의를 찾아 딸의 치료에 전념하였으나 별다른 호전반응이 없어서 마음을 안정시킬 수 있는 방안으로 경남 하동에 있는 기도원을 안내받아 민주를 데리고 기도원으로 갔다.

딸을 그곳에 두고 오는 우리 부부는 발걸음이 떨어지지 않은 아픈 가슴을 잡고 울었다.

우리를 수시로 통화하여 민주의 상태를 살피고 2주 후 그곳으로 면회를 갔을 때는 딸은 엄마, 아빠가 보고 싶어 오전부터 3㎞ 떨어진 마을로 내려와서 3시간이나 기다리고 있는 딸을 보고 우리 부부는 부둥켜안고 울었다.

기도원 뒤 산행을 하고 음식을 먹으면서 이야기를 나누고 헤어져야 하는 시간에 떨어지지 않은 딸을 두고 오면서 우리 부부는 가슴이 찢어지는 것 같았고 집으로 돌아온 후로 자식이 애타게 그리는 가족을 안쓰러움으로 견딜 수가 없어서 며칠 후 다시 데리고 왔다.

딸을 위한 치료 방법으로 여러 사람들에게 수소문하여 창원에 있는 반송교회 목사님이 우리 집을 방문하여 안수기도를 올리고 민주는 교회에 나가서 친구들도 사귀는 시간을 가졌으며 우리는 딸의 변화를 기대하였지만 소용이 없었다.

아내와 나는 원인을 알기 위해 딸을 데리고 부산 고신대병원에 입원치료, 부산대 병원, 창원 한마음병원, 마산 배대균 신경정신과 입원치료, 여수, 강원도 기도원 등으로 다닐만한 곳은 찾아가면서 최선을 다했다.

그런 시간이 지나고 그해의 수능시험에 민주는 시험을 보았다.

그 다음부터 아내와 딸은 창원, 마산의 심리치료, 미술치료, 음악치료 등으로 여러 곳을 찾아 다녔고 신경정신과 약을 많이 복용한 딸은 몸이 쇠약해지고 머리카락이 빠지는 현상도 있었다.

2001년이 되어 민주는 부산 동아대학을 입학하여 아내와 나는 학교에서 가까운 곳에 자취방을 마련하여 책상과 노트북을 사주고 민주가 공부할 수 있는 여건을 만들어 주었다.

오랫동안 산재로 휴직한 나는 4월이 되어 직장에 복직하였다. 창원국영업 3팀에 배속되어 RM으로 매일 출근하여 시내출장으로 활동하면서 틈틈이 딸의 간호에 기사 역할을 하여 아내의 수고에 도움이 되었다.

내가 산재로 치료한 사정을 고려하여 직장에서는 많은 배려를 하였으며 영업부서의 마케팅 활동은 고향의 동창생들이 나를 도왔으며 특히 보험회사에서 근무하던 정이가 많은 지원을 하여 나의 체면 유지를 시켜주었다.

곰돌이 친구들 중에 먼저 명예 퇴직한 친구 중에 연호가 사업을 시작해서 우리들의 공무원 시절에 평생직장은 노후를 염려하는 분위기로 흘러갔다.

어느 날 아내와 같이 마주앉아 현실을 생각하니 지금까지 행복했던 우리 가족이 그때부터 불행하기 시작되는 것이라 생각되어 슬픈 마음이 들었다.

그러던 중 딸 민주는 대학을 한 학기 다니고 2학기에 휴학을 하고 창원의 집으로 와서 가족들과 같이 지내기 싫다고 하여 상남 주택지에 셋방 살면서 아내와 딸은 서로 오고가며 시내에 있는 백화점 쇼핑도 하고 심리치료 상담소에 정기적으로 다니면서 알려준 선생님의 판단으로 민주는 거식증과 폭식증이 의심된다는 말을 듣고 우리 부부는 말로만 들어본 것이라 당황하여 전문 선생님에게 상담하였으며 딸은 이런 자신의 증세를 감추려고 하여 우리 부부는 딸의 감정을 상하지 않게 하려고 노력했다.

시간이 갈수록 딸 민주의 성격은 날카로워지고 때로는 엄마를 폭행하고 물건을 던져 살림을 부수고 하였으며 어떤 때는 집 안에서 화장지 뭉치에 불을 붙이는 행동을 하였다.

의사 선생님께 상담하였지만 뚜렷한 해결책이 없어서 우리 부부는 그 당시 신경정신과로 유명한 김준기 선생님과 이정현 선생님을 찾아 치료하기 위해 서울로 갔다.

서울에서 병원과 가까운 곳에 셋방을 살면서 1년 동안 치료하게 되어 고등학교를 다니던 두 아이와 나는 힘든 생활로 지내면서 각자의 역할에 충실했다.

2002년이 되어 나는 진해국으로 발령이 나서 예전에 알고 지내던 장천형 친구와 이상우 형님이 같은 부서에 근무하고 최대현 국장님과 박하린 노조지부장은 평소에 친분이 있어서 좋은 분위기에서 일할 수 있었다. 진해국에서는 민병우가 영업팀장을 하고 천형이와 나는 차장으로 RM 활동을 하는 근무형태라서 출근하면 시내출장으로 근무하였다.

시간은 지나서 2003년이 되어 둘째 딸 민혜가 대학을 가고 막내아들 인보는 고3이 되었다. 둘째 딸의 짐을 챙겨 학교 기숙사에 데려주고 서울에서 치료하던 딸과 아내는 다시 창원 집으로 돌아와서 병원과 상담소를 다녔으며 가끔씩 민주가 숨이 넘어가는 급박한 상황으로 119의 도움으로 가까운 한마음병원에서 응급 처치하는 일이 있었고 또 다른 날에는 혀가 말려들어가는 발작이 일어나서 부산 동아대병원에 응급실로 갔으나 휴일이라 검사, 처치가 지연되어 부산에 있던 최보경 형님에게 도움을 요청하여 부산 영도병원으로 이송하여 병원장이 직접 관리하는 환자로 민주의 증세를 심도 있게 치료하였다. 당시 보경 형님은 퇴직하여 사촌동생이 경영하는 영도병원 관리부장으로 있었으며 지난날의 의리로 나의 딸 민주에 대한 지원을 아끼지 않았다.

20여 일이 지나고 보경 형님은 병원 의료진과 의논하여 부산 봉생병원 신경정신과 의료진이 전문성이 있다는 판단으로 영도병원의 병원비는 가족진료비로 정리하고 원장님의 추천을 받아 봉생병원 일인 특실로 입원하여 특진의사에 의해 검사 진료하였다.

나는 진해국장님께 사정을 말하여 나의 연가 30일을 사용하여 아내와 함께 53일을 봉생병원에서 생활하면서 민주를 간호하고 의사선생님은 평상시 환자가 하는 행동, 가족관계에서 발생하는 부분 일상생활에까지 세밀하게 한 시간 단위로 기록하여 의사의 필요시마다 제출하라는 협조 요청이 있어서 우리 부부는 희망을 가지고 협조하였다.

그곳에서 50여 일을 지내는 동안 진해국장님과 직원들의 후원으로 많은 용기와 희망을 주었으며 고3 막내아들도 힘들지만 성실하게 학교를 다녔다.

아내와 나는 자구책으로 아픈 딸과 아내, 나의 생일을 병원에서 보내면서 민주가 꼭 회복하여 예전의 우리 가족 안정을 염원하고 케이크를 자르며 손을 잡고 파이팅!을 외쳤지만 의사선생님은 특별한 소견이 없다고 하였다.

우리는 병원에서 53일 동안 입원치료하고 퇴원하여 집으로 돌아와서 나는 직장에 출근하여 동료들의 배려에 감사했다. 아내와 나는 고민하여 딸 민주를 치료하기 위해 서울대병원과 연세대 병원을 방문하여 입원치료로 치료를 호소하였으나 기본적으로 6개월 이상 기다려야 하고 종합적인 검사를 하는데 한 달 이상의 시간이 소요된다는 어려움이 있었다.

서울에 살고 있던 천수 형님이 합류하고 우리 부부는 어떻게든 해봐야 된다는 일념으로 민주를 데리고 신촌 세브란스병원 응급실로 들어가 병원 특실로 입원하여 특진의사의 진료로 40여 일간 종합검사를 받았다.

척수검사 등 지금까지 민주의 진료기록, 보호자의 의견을 검토한 병원의 소견은 스트레스성 과민증 우울증이고 보호자의 의견을 참고하여 거식증, 폭식증이 있을 뿐 특별한 의견이 없다고 하였다.

집으로 내려온 아내는 딸 민주를 데리고 여행을 다녔으며 나는 시간이 나는 대로 가족을 데리고 진해의 해안도로 공원, 축제장을 다니면서 기분전환을 시켰다. 우리 부부의 노력에도 불구하고 날이 갈수록 딸 민주는 답답하다고 하면서 행동이 거칠어지고 집 안에서 불을 지르는 횟수가 늘어갔으며 엄마를 괴롭히는 사례가 심해졌다.

아내와 나는 민주의 요구를 받아들여 지난번처럼 아파트 앞 주택지에 월세 방을 구해주어서 그곳에서 독립적인 생활을 하면서 우리가 살고 있던 아파트로 왕래했다.

나는 지난날 신바람 나게 근무하던 그때가 그리워졌고 지난해 명예퇴직 바람을 넘기고 직장생활을 하는 데 다소의 부담이 생겼다. 그러나 큰딸의 병원비, 둘째 딸 고려대 등록금과 생활비, 내년에 대학가는 아들의 등록금과 하숙생활비, 뿔뿔이 흩어져 생활하는 우리 가족의 네 집 살림, 이런 것들이 머리를 스쳐갔다.

오래전 마산에서 결성한 곰돌이 친구들도 이미 명퇴를 하고 사회생활 하면서 느낀 점을 모임에 나가면 내가 힘들어도 아이들 대학을 마칠 때까지 만이라도 직장을 다니라고 하며 나를 위로할 때가 많았다.

밤이면 잠이 오지 않아서 공원에 앉아서 밤하늘에 별들을 세어보고 때로는 아내와 함께 막걸리 한 병 나누면서 부둥켜안고 울기도 하였으며 살아야 된다는 생각 하나로 직장에 출근하였다.

진해국에서 근무는 최대현 국장님의 많은 배려로 나의 어려운 가정 사정을 생각해서 민원봉사실장으로 명하여 민원실을 찾아오는 고객들의 불편사항을 해결하고 장천형 친구와 유관기관 고객관리를 하면서 기업체 요구사항을 찾아가는 서비스로 관리하였으며 대체로 여유 있는 시간으로 근무했다.

퇴근하면 노조위원장을 지냈던 상우 형님과 같이 대폿집에서 그날의 피로를 풀면서 직장의 유대를 다지는 분위기로 원활한 관계를 유지하였다. 당시 영업활동으로 코리아나 화장품 진해지국과 업무 협약을 하여 KT의 상품 사용과 코리아나 화장품 사용을 상호 권장하고 나는 판매수당을 지급하는 실적으로 도움이 되었다.

교보생명에서 근무하던 고향동창생인 정이의 소개로 보험설계사들의 도움은 나의 실적관리에 많은 도움이 되어 나는 떡과 과일을 준비하여 보험사로 찾아가는 일도 나의 근무 중 일부였다.

진해국에 근무하는 동안 나는 꽃을 든 남자로 이름이 알려져 있었다. 민원실을 찾아오는 고객들 중에는 술에 취한 사람들이 간혹 창구의 여직원을 울린다. 나는 외부 고객관리도 중요하지만 내부고객인 우리 직원들 관리도 중요하다는 생각으로 매주 월요일에 장미 한 송이씩을 포장해서 좋은 하루 되세요 하며 여직원들에게 돌리고 나면 주는 사람! 받는 사람! 보는 사람!들의 모습은 화창하다.

시내 출장으로 돌아오는 길에 중원 로터리에서 떡을 파는 할머니에게 가서 남은 떡을 떨이하고 진해 용원 해산물 시장의 숭어, 진해 중앙시장의 빵집에 번갈아 가면서 먹을 것을 사오면 사무실 분위기는 한층 부드럽다.

우리 직원들은 음식을 좋아하는 것보다 할머니의 따뜻한 마음과 시장 상인들의 넉넉한 정을 나누는 것을 더 좋아한다. 천형 친구의 후배인 진상 음식점 송희 사장님은 우리에게 많은 서비스를 제공하여 경비를 절약할 수 있었던 고마움도 지금까지 잊지 않고 있다.

진해 벚꽃 축제 소식지 표지모델로 잘 알려진 송희 사장님은 연세대학원 외식산업학을 공부하여 특별한 음식을 개발하여 진해시민들에게 잘 알려져 있었으며 최대현 국장님과 이상우 위원장이 미식가로 자주 찾아가는 곳이다.

직장을 다니면서 월급으로 가정을 꾸려가는 9월에 명퇴바람이 불었다. 주변에서는 장기근속자들과 공무원 시절에 들어온 사람들이 사직서를 쓰는 추세였으며 사상 최대의 인원을 예상하고 있었다.

최대현 국장님은 아이들이 세 명으로 한참 돈이 많이 들어갈 시기인 점을 이해하여 아이들 대학을 마칠 때까지 다녀보라고 하였다. 국장님의 말씀은 나에게 많은 위로가 되고 용기를 주었지만 그동안 너무 많은 도움을 받았고 당시의 분위기로 고민이 되어 며칠 동안 아내의 눈치를 살피며 망설이다가 조용한 저녁에 명퇴의사를 말하였다.

아내는 펄쩍 뛰며 딸도 아프고 아들도 내년에 대학을 입학하는 데 무슨 돈으로 해결할 수 있느냐 하면서 대체 방안을 물었다. 아내는 직장에서 주는 자녀 두 명의 대학 등록금 무상지급은 우리에게 큰 힘이 되고 수입이 없으면 우리 가족의 생활은 무엇으로 보장할 수 있느냐며 직장에서 약간의 스트레스는 참고 견뎌야 우리가 살 수 있다 하면서 나를 잡고 울었다.

아내를 진정시키고 다음날 출근하여 주변의 공기를 살펴보았더니 상부에서 각국별로 명퇴 인원을 배당하여 국장이 고민하고 있다는 것을 알았다. 며칠 전 국장님이 차라리 명퇴를 제시하였더라면 오기로 버텨볼 수도 있겠지만 그동안 나에게 베풀어주신 고마움에 더욱 부담스러웠다.

그리고 며칠이 지나서 저녁에 아내와 함께 공원에 나가 소나무 밑에서 다시 나의 명퇴 이야기를 하였다. 여보! 내가 명퇴하게 되면 딸의 치료를 하고 안정을 찾아주는데 나와 같이 하면은 당신이 덜 힘들 것이다. 그리고 우리가 몇 년간 너무 찌들어 생활한 것을 옛날에 다녔던 여행을 하면서 좀 풀어보자고 하였다. 아내는 수입이 없으면 퇴직금으로 생활해야 하고 봄철에 눈이 녹아내리는 것처럼 퇴직금은 줄어들어 더욱 힘든 생활이 된다며 현명하게 결정하라고 하면서 눈물을 흘렸다.

며칠 동안 직장에 출근해도 어수선한 분위기로 업무에 소홀한 태도가 이어졌다. 밤이 되면 잠은 오지 않고 뜬 눈으로 보내는 날이 지속되고 말일이 다가왔다. 주변의 공무원시절에 임용된 직원은 일찍이 사직서를 내고 나 혼자 남았다.

나는 목이 타드는 날을 지내면서 9월 30일이 되었다. 뜬눈으로 지새운 다음날 진해국으로 출근하여 국장실로 가서 최대현 국장님에게 그동안 베풀어 주신 고마움에 대해 인사를 드리고 서무주임에게 도장을 주면서 사직 처리하라고 말한 뒤 천형 친구와 같이 용원으로 가는 해안도로를 달려 지난날 천형 친구가 죽고 싶은 마음으로 소주병을 들고 있었다는 바위에 서서 우리는 주민번호 앞 여섯 자리가 같고, 입사년도가 같고, 퇴직날짜도 같은 친구로 서로를 위로하였다.

전화국으로 돌아와서 국장님과 직원들이 함께 모인 자리에서 그동안 같이했던 석별의 정을 나누고 창원 진해국의 사직자들이 모여 그간의 동료애를 술잔으로 나누고 후배들이 참석하여 나를 위로한다고 밤늦게까지 상남상업지역을 이집 저집으로 옮겨가며 술자리를 마련하여 밤늦게 집으로 돌아온 나는 아내에게 미안하여 거실에서 잠을 자고 다음날 아침에 여보하고 불렀지만 대답이 없었으며 그 시간 이후 2주 동안 대화가 단절되었다. 아내로서는 너무도 당연하여 나는 이런 상황을 수습하기 위해 안간 노력을 하여 우리 부부는 앞으로 살아갈 방법을 의논하였다.

태풍이 지나간 우리 가정은 한동안 냉담했던 분위기를 바꾸어 아내와 민주, 나 셋이서 옛날 우리가 살던 진북관사와 아내와 가까이 지내던 사람들도 만나고 진전에 있던 단감나무에 감을 따서 차에 가득 싣고 아이들과 냇가에서 목욕하던 용때미를 가보고 지난날 즐거웠던 향수를 찾아 다녔다.

아이들 키우며 사느라 한동안 잊고 지냈던 우리의 신혼 여행지 경주도 찾아보고 감포로 넘어가서 동해안을 달려 강릉 경포대를 돌아오는 여행을 하였다.

그리하여 신선함을 재고한 새로운 인생설계를 하고 아내와 더불어 가정의 안녕과 세상을 공유하며 딸의 생활에 전환점이 되기를 희망하는 정성을 쏟았다.

10월 1일자로 퇴직처리 된 나의 퇴직금이 나와서 아내와 나는 우선 은행에 적립하고 나는 시간을 내어 아내와 같이 고향에 있는 부모님 산소와 진주에 있던 큰누나 집을 방문하여 형제, 조카들에게 나의 퇴직 사실을 알렸다.

그러던 2004년에는 아들이 부산대학을 가게 되어 아내와 나는 대학교 옆 하숙집을 정하여 아들의 짐을 옮기고 그때부터 우리 가족은 네 집 살림이 되었다.

수입이 없던 우리는 아이들의 학비와 생활비를 퇴직금으로 쓰게 되었으며 사회활동으로 이어온 경조사 방문 등은 예상했던 것보다 많은 지출이 되었다.

나는 재마창 동창회에서 만난 친구의 제안으로 마산 경남대학교 부근에 일정한 수입이 되는 신축 원룸건물을 소개받아 계약을 하였다. 4층에는 우리 가족이 살 수 있는 구조이며 1~3층은 투룸 구조로 월세가 350만 원 정도 되었다.

대학과 인접한 신축건물이라 학생들과 부모님들은 만족하고 방세는 잘 넣어주었으며 나는 복도와 계단을 청소하는 시간으로 지냈다.

이사한 지 한 달 정도 지나서 딸 민주는 우리 집에 많은 방을 두고 우리 가족과 떨어져 살아야 된다고 주장하여 가까운 곳에 따로 방을 얻어주었다. 보통 사람들은 이해하기 어려운 일이지만 아내와 나는 충분히 이해하기 때문에 딸의 요구를 들어주는 것이다.

나의 사랑하는 딸 민주는 거식증, 폭식증으로 어느 누구도 모르게 많은 것을 사놓고 먹으면서 토하고 토하면서 먹는 병이다. 이런 자신의 모습을 보여주지 않으려고 애쓰는 딸의 마음을 헤아려 모른 체 해야 만이 되는 현실이 안타까울 뿐이다.

퇴직금과 아파트를 팔아서 원룸 건물을 사고 거기에서 나오는 수입이 전부였던 우리는 네 집 살림을 하는 생활비와 학비에는 많이 부족했다. 결국 은행대출을 내어 우선 아이들이 안심하고 공부할 수 있도록 지원하였으며 큰딸의 치료를 이어갔다.

주변의 친구들과 지인들은 퇴직 후에도 현명한 선택을 하는 우리 부부가 부럽다고 하며 찾아주었다. 건물 옥상에서 숯불고기를 구워먹으면서 바라보는 마산 앞바다의 풍경은 아름다웠고 남들이 보는 우리 집은 나쁘지는 않았다. 다만 우리의 환경이 대학 공부로 흩어져 있고 큰딸이 병으로 병원비와 생활비가 어려운 문제가 되었다.

이렇게 지내는 동안 나와 같이 근무하다가 같이 퇴직한 장천형 친구가 정부가 장려하는 신재생 에너지 태양광 발전소 사업이 큰 수입을 보장한다는 것을 나에게 권하였다.

부지매입과 허가만 받으면 시설비는 은행 PF 발생으로 해결할 수 있다는 친구의 말을 듣고 그 분야에서 지식이 없던 나는 관심을 가지고 여러 곳에 자문을 구하고 천형 친구가 은행권 PF를 책임지는 조건으로 두 사람의 사업을 추진키로 하고 나는 아내에게 의논하여 경남, 전남 일대의 부지 물색을 친구와 같이 나서게 되었다.

그리하여 2005년에 앞으로의 사업을 위해 4층 건물을 팔고 다시 창원 대방동 성원 아파트를 사서 이사를 하고 남은 돈으로 생활비로 쓰면서 사업 첫 단계로 사천, 곤명에 있는 관리지역으로 임야 16,328평을 계약하게 되었다.

좋은 땅을 찾기 위해 마산의 동성부동산 춘재 형님에게도 여러 차례 부탁하여 현장 실사를 하고 천형 친구와 객지로 다니면서 나중에 용도변경 후 사용할 계획까지 가지고 8개월 동안 물색한 곳이었다.

이러한 소문이 퇴직 친구들과 선후배들에게 퍼져서 동료 친구 한 명과 사업자 동생이 미래의 먹거리로 제일 좋은 사업이라며 같이하자고 사정을 했다. 본래 1000Kw를 계획하고 있었던 나는 2000Kw로 욕심내고 이를 받아들였다.

나는 법인 설립, 소유권이전등기, 환경영향평가, 산림청 임야벌목허가, 토목설계 측량, 한전송전로 협의 에너지 공단, 낙동강유역청, 농업기술센터 사천시청, 경남도청, 주민 공청회, 묘 이장 관련 문중협의 진입로 부지확보 등 발로 뛰었다. 주변 사람들은 나를 보고 허가 전문 설계사 같다고 하였다.

그러는 동안 아들은 휴학을 하고 군대에 가게 되었다. 아내와 딸 민주, 아들과 넷이서 논산훈련소 가는 길에 하루의 여행 일정을 가지고 오랜만에 아들이 동행하는 시간은 가족이라는 의미를 더욱 돈독히 생각하게 되는 계기가 되었고 우리 일행은 논산훈련소 앞에서 하룻밤을 지내고 다음날 훈련소로 들어갔다.

신병훈련소에 모인 전국의 자식들은 지휘관의 통제에 따라 부모님에게 경례를 하고 연병장에서 멀어져갔다. 수많은 장정들 중에 나의 아들 인보만 보였다. 나는 소리 없이 눈물이 흘러내렸다.

집으로 돌아오는 길에 충남 보은에 있는 속리산 법주사로 갔다. 예전에 아내와 같이 여행 왔을 때 산채정식이 좋아서 아내가 그 맛을 못 잊어 가끔 이야기하여 우리는 그날의 화제를 떠올리며 딸과 같이 산채정식을 먹고 사찰 내를 구경하고 집으로 돌아왔다.

태양광 발전 사업을 하기 위해 부지 물색부터 도지사 개발행위 허가를 받기까지 2년이 걸렸고 주민공청회, 진입로 매입, 묘지 이장, 수변구역으로 환경이라는 장벽이 너무 힘이 들었다.

사천시청의 공무원들은 친절했고 시장님과 경제국장님도 친환경 시설 유치를 환영하였다. 주민 동의서를 받기 위해 천형 친구의 부부와 우리 부부는 그곳의 마을로 방문하여 부녀회장님과 청년회장님, 마을 공천회를 통하여 주민들과 융화하는 활동을 하였으며 우리 가족은 그곳의 마을로 이사하여 평생 살면서 주민들의 일손을 쓰는 것과 기부금도 정기적으로 내겠다는 각서도 썼다.

나는 2년 동안 만신창이 되도록 애를 썼다. 이런 일들을 추진하기 위해서 아들이 군 입대를 하고 나서 우리는 진주 인사동 강변 아파트로 이사했다. 고생 끝에 공사를 앞두고 PF자금과 공사업체를 선정하는 단계에서 천형 친구는 난색을 표했다. 당시에 믿고 있던 지인이 2007년 미국발 금융위기로 은행이 인수합병 하는 현실에서 PF는 어렵다는 것이다.

나는 금융권을 직접 찾아갔다. 은행에서는 공사비 총 160억 원에 대한 담보제공과 총공사비 20%인 32억 원을 현금으로 자기자본 공탁을 제시했다.

과거의 사업 계획서 또는 지불보증 절차는 어려운 시기였다. 다만 사전

투자비는 참고에 불과한 금액으로 평가 받아 나는 난감했다. 그리고 동업자도 난색을 표했다. 사정이 이렇게 되고나서 처음부터 나의 사업으로 뛰었던 생각과 달리 동업자금 내고 이래라 저래라 하는 태도에 나는 크게 실망했다.

우리는 의논하여 용량을 1000Kw로 허가 내용을 바꾸고 변경하여 은행권과 시설업체를 찾아보았다. 나는 그동안 많은 자문을 해왔던 에너지관리공단과 서울에 있는 시설전문 업체에 협업을 제시하였으나 동업자의 반대로 무산되고 같이하자고 사정하던 두 사람은 몰래 인감을 가지고 불량업체에 계약하고 돈을 빼려는 행위를 하여 지금까지 경비와 노력으로 진행했던 나의 성과를 기만하여 더 이상의 유지는 어려운 사실이 되었다. 지금까지 애써온 나의 처지가 너무도 허무하여 힘들어하는 아내와 남강 변에 앉아서 아내의 손을 잡고 탄식하며 후회하였다.

30여 년의 직장근무로 받은 퇴직금과 진주 혁신도시 인근에 있던 나의 부동산은 태양광발전 사업으로 많은 손실을 보게 되어 우리는 부지와 허가권을 광주업체에 팔아서 동업자들은 투자원금을 찾아가서 손해가 없지만 나의 2년 6개월 동안 쓴 돈은 허사가 되었다.

나에게 친구라는 사람이 원수가 되었고 나머지 아픔은 우리 가족의 아픔이 되어 2008년에 다시 김해 장유로 이사하여 딸 민주는 원룸에서 생활하고 둘째 딸은 행정학과를 휴학한 후 행정고시 공부를 하였으며 강원도 양구 부대를 배치 받아 갔던 아들은 아내와 민주와 셋이 면회를 다녀온 것이 엊그제 같은데 제대를 하여 복학으로 부산에서 생활하였다.

나는 명절에 가족이 모인 자리에서 앞으로 살아갈 현실이 아버지의 사업 추진 실패로 손실이 많고 큰딸은 병들어 엄마 아빠의 도움 없이는 살아가기 어려운 실정이라 너희들을 예전처럼 지원하기에는 어려움이 있을 것으로 절약하여 생활하기를 당부하였다.

명절이 지나고 아이들은 학교로 돌아갔으며 나의 무능함으로 자식들이 힘없는 표정을 생각하니 마음이 아팠다. 기운이 빠져있는 아내를 보는 나는 견딜 수가 없어서 나는 아내에게 잠시 동안 어디를 다녀오겠다고 말한 뒤 집을 나섰다.

무작정 집을 나선 나는 한없이 흐르는 눈물을 삼키며 그 길로 경남 통영으로 가서 지난날 창원에서 큰형님 아우로 지냈던 배광수에게 전화를 했다. 그 당시 광수는 정규직으로 첫 발령을 욕지도 주재 근무를 하여 통영 여객선 터미널에서 욕지도로 가는 배를 타고 가서 광수를 만났다.

예전부터 나를 따랐던 광수는 낚시와 숙식을 제공하여 나에게 편안하게 지내라며 성의를 다하여 며칠간 휴양하는 동안에 마음의 안정을 가졌으며 다시 육지로 나온 다음 경북 청송 천보사를 찾아가서 주왕산 입구 음식점에서 일을 도우며 지냈다.

과거에 통일교 평화대사 자격으로 일본에 7박 8일 동안 같이 지냈던 이원옥 여사님은 당시 청송군 여성회장과 어린이집 원장으로 활동하여 나의 본관이 청송으로 우연히 발길이 청송으로 향하여 주왕산 입구에

식당이 몇 개 있던 원장님은 절에 있으면 우울하다고 오고가는 사람 구경하면서 부담 없이 지내라고 하였다.

주왕산을 찾아오는 주부들과 관광객들을 보면 아내 생각이 나서 견딜 수 없었고 사찰을 찾아오는 사람들을 보면 딸의 병수발로 절에 가서 부처님 앞에 엎드려 기도하던 아내의 모습이 떠올라 마음이 아팠다.

보름정도 그곳에서 지내고 나는 청송을 떠나 부천에 있는 동산선원을 찾아가서 한동안 지내면서 법당을 청소하고 선원의 심부름도 하고 불경도 공부하여 조금이라도 나의 마음에 상처를 치료하였다. 선원의 스님은 나에게 최대한 편리를 제공하여 무기한으로 지내라고 하면서 나의 입장과 심정을 헤아려주었다.

며칠이 지난 어느 날 저녁에 나는 법당에 앉아 명상을 하다가 나는 괴로운 마음을 달래려고 죽지 못해 이곳저곳을 헤매고 있지만 나의 행방도 모르고 혼자 애태우는 아내를 생각하니 내 자신이 현실도피 한다는 부끄러움과 나의 아내가 너무나 불쌍하다는 생각에 견딜 수가 없었다.

잠시 동안 방황했던 나는 부처님 전에 업소 하여 아내와 딸의 건강과 안녕을 기원하고 스님에게 그간의 배려에 감사하는 인사를 드리고 아내가 있는 집으로 돌아갔다.

나를 본 아내는 흐느끼며 여보 우리 같이 죽자! 라고 말하여 나는 아내를 달래며 내가 일자리를 알아보고 다시 일어나자고 하면서 이제는 아이들이 대학을 마칠 때가 되어서 우리 셋이 살아가는 데에는 그렇게 많은 돈이 들어가지 않는다며 아내를 끌어안았다.

　다음날 지인들을 수소문하여 옛 부산건설국에서 같이 근무했던 영규는 퇴직하여 경비회사를 경영하고 있었기에 자존심 생각할 처지가 못 되는 나는 먼저 영규에게 전화를 하고 부산에 있는 친구의 사무실을 찾아가서 경비자리로 일할 수 있도록 부탁하였다.

　친구는 부산, 경남의 국가중요시설 특수경비를 배치하는 계약을 여러 군데 하여 운영하고 있는 상태에서 우선 천안에 있는 재능교육원에 입교하여 일정기간의 교육을 받고 특수경비원의 자격증을 취득한 후 근무지를 결정한다고 하여 나는 집으로 돌아와 아내에게 말하고 천안으로 가서 2주간 교육을 받고 자격증을 취득하였다.

　다시 영규 친구를 찾아가서 오랜만의 회포를 풀면서 나의 사정을 털어놓았으며 친구는 나를 위로하며 우선 경비원 일을 하면서 가정의 안정을 찾도록 도와주겠다고 하였다.

　며칠 후 집에서 가까운 KBS 김해 송신소로 출근하라는 연락이 왔다. 그곳은 일반인의 방문이 없고 하여 특수한 시설이라 여러 방면에서 근무하는 조건이 좋았다.

　집으로 돌아온 나는 아내에게 우선 일을 하면서 마음의 안정을 찾고 많지 않은 보수지만 생활비에 보탬이 될 것으로 의논하고 다음날 출근하여 소장님과 직원 동료 경비원들과 인사를 나누었다.

　김해 장유 집에서 25분 거리로 한 달에 주야간으로 13일 정도 근무하였으며 근무시간이 좋아서 책도 볼 수 있는 여건이 되었다. 식사는 직원들과 같이 구내식당에서 해결하고 10여 명의 직원과 가족 같은 분위기로 소장과 직원들은 한 달에 한 번씩 회식을 같이하면서 자리를 같이하는 배려가 있었으며 몇 명 안 되는 직원들이라 필요하면 비어 있는 사택과 텃밭도 가꾸는 것을 허락하여 나의 편리를 주었다.

참고로 KT는 과거에 체신부로 공무원이었으며 1982년 1월 1일부터 한국통신공사로 전환하여 여러 단계를 거쳐서 지금은 민영화가 되었다.

86년 아시안게임, 88년 올림픽을 앞두고 정부는 방송 중계 시설인 KBS 중계소 송신소에 종사하는 인원을 한국통신공사에 편입시키고 일관성 있는 국영방송 통신망을 구축하는 개편이 있었다.

당시 현실로는 방송 관련 회선망이 통신공사 전용회선 계약으로 전송되는 것이라 국제적인 행사를 앞두고 단행되어 4년 6개월 정도는 통신공사 직원으로 동료였던 때가 있었다. 그 당시 위성중계 자막에는 언제나 한국통신 관계자 여러분께 감사드립니다라는 글이 올라오던 시기가 있었다.

지나간 일이지만 80년대 초부터 교환시설도 전자교환기로 대체 되어 오늘날 정보통신 강국의 기초가 되었고 전화 교환원이라는 명칭이 사라져가는 시발점이 되었다. 이러한 내용을 알고 있던 KBS 김해송신소의 직원들은 어려웠던 나의 처지를 많이 배려하여 고마운 사실을 잊을 수 없으며 나는 시간이 나는 대로 주변에 분꽃 봉숭아 꽃씨를 뿌려 나의 마음을 심었다.

텃밭에는 거름을 하고 호박, 오이, 가지, 고추, 얼갈이배추를 심었고 시간이 나는 대로 물을 주어 잘 자랐으며 아침에 출근하여 교대 인사 후 순찰을 하면서 돌아보는 나의 시선은 이슬 머금고 자라나는 채소가 아기 같은 기분으로 흐뭇한 시간을 가지기도 하였다.

그런 생활로 안정을 찾아가던 때에 딸 민주는 우리가 살고 있던 집에 불을 지르고 난동을 부리는 때가 많아서 아내는 힘들어 했고 이웃의 민원으로 더 이상 살 수가 없게 되었다. 지금까지 민주를 달래보고 여러 곳의 병원도 다녀본 아내와 나는 이제 또 어디로 가야 하나 하면서 고민을 하였다.

아파트 관리소에서 여러 차례로 우리 집을 다녀가고 우리는 대방동 주택지에 셋집을 구하여 그동안 많았던 짐을 줄이고 최소한의 생활을 하고 딸 민주는 가까운 성원 아파트에 따로 전월세 계약으로 생활하였다.

몇 달 동안 창원에서 김해로 출퇴근하면서 지내다가 나는 다시 영규 친구에게 부탁하여 KT 불모산 중계소로 근무지를 옮겨 한 달에 10일 근무 3교대를 하였다. 그곳은 과거 재직 시 업무와 관련하여 출입하던 낯익은 시설과 창원국에서 근무할 때 같이 지냈던 만곤이도 있어 마음이 편하고 자유롭게 근무할 수 있었다.

퇴직 사우들이 시내의 복잡한 곳에서 민원인과 시달리는 근무보다는 대체로 외부인의 출입이 제한된 중계소 근무를 지원하여 부산에서 출근하는 사람과 창원에서 퇴직한 극영이 동생은 출퇴근을 운동으로 안민 고개에 차를 세워놓고 걸어서 다니는 여유로운 근무환경이었다.

친정 같은 그곳에서 근무하던 늦은 가을에 경비실 밑 한 전주에서 불꽃이 나면서 펑하는 소리와 함께 불똥이 떨어져 밑에 있던 억새풀에 불꽃이 일어났다. 산악자전거를 타고 정문 앞에서 보고 있던 사람도 놀라 소리치며 불이야! 하였고 나는 경비실에 있던 소화기를 들고 불이 번지는 곳으로 달려가서 진화를 하고 잠바를 벗어 불을 꺼 보았지만 불꽃은 순식간에 번졌다.

나는 소리 질러 해군! 해군! 하여 불꽃과 연기를 보고 해군 4명이 달려왔다. 그들에게 해군 통신시설에 있는 모든 소화기를 가져오라고 했다. 20여 분 정도 진화하여 큰불은 잡았다.

그리고 경비실 앞에 있던 물탱크를 열어 호스를 연결하여 잔불 정리하는 동안 나는 119에 신고하고 다시 불꽃이 남아 있는 곳으로 가서 해군들과 함께 잔불을 진화했다.

중계소 직원은 한 명 근무하여 자리를 비울 수 없는 것으로 나는 우선 불꽃을 진화한 다음 상황을 알리고 경비보고체계에 따라 창원국으로 보고했다.

그때쯤 창원소방차량과 진화팀이 도착했다. 산악 비포장도로 사정으로 진입하기 어려운 지역이다. 소방관은 초기 진화의 중요성을 말하면서 제2의 창녕 화황산이 될 뻔한 주위환경이라며 화재발생 경위를 물었다.

한전의 22,900Kw의 고압전선 불꽃으로 발생한 화재를 초기 진화로 큰 피해를 막았다는 사후조사팀의 평가로 나는 보람을 가졌으며 손에 입은 화상을 한 달 정도 치료하면서 근무했다.

한전 경남본부와 창원지사 경비회사에서 연락이 와서 나는 해군 중계소 사병들이 큰 힘이 되어 진화할 수 있었다고 대답했다. 그리고 KT 밑에 있던 KBS 중계소, KT 부지 내에 임대로 있던 SBS, MBC, 극동기독방송 관계자들이 물어서 아무 일이 없었던 것으로 대답했다.

그런 일이 있고나서 한 달 쯤 되어 진해 해군기지 사령부의 사령관 참모 김여중 중령이 찾아왔다. 나에게 어르신 하며 그날의 상황을 물었다. 나는 그날의 상황에서 해군 사병들이 없었으면 나 혼자로는 진화할 수 없었다고 말했다.

중령은 흐뭇한 표정을 지으며 그날 근무자가 다 나왔는지 물었다. 나는 한 명은 중계소를 지키고 나머지 인원이 나왔다고 하였다. 해군 통신중계소는 소장이 김성복 상사이고 중사 1명, 하사 1명, 사병 3명이 근무하여 산악오지로 퇴근이 없는 군인들이다.

중령은 감사하다는 인사를 하고 나가는 참모에게 부하들의 공로를 격려하여 사령관의 표장을 주면 좋겠다고 하자 중령은 예, 참고하겠습니다 답하고 돌아갔다. 그리고 한 달 뒤 성복이와 직업 군인 두 명은 사령관의 표창을 받았다.

상사 성복이는 삼천포가 고향으로 어릴 때 부모님이 세상을 떠나고 삼천포의 고모 집에서 자랐고 고등학교를 졸업하고 해군에 지원하여 표창을 받은 다음해 봄에 전역하여 복무하면서 준비하여 온 롯데백화점 내에 어린이 놀이시설을 운영하였다.

그러는 동안 시간은 흘러 2009년이 되어 명절에 가족들이 모여서 옛날의 우리 집을 다시 찾아보려는 대화를 하였지만 사업에 실패한 나와 큰딸의 오랜 투병으로 지친 형제들의 우애는 소원해져 갈등만 생기고 가족모임 자리는 불편하였다.

나는 둘째 딸에게 아버지가 말단 공무원 하던 때와 비교하면 지금은 어려운 시대라서 눈높이를 낮추어 7급 공무원 응시를 제시하여 딸에게 잔소리만 들었으며 아들은 내년에 졸업하면 바로 취업할 수 있는 대비를 하라고 당부했다.

그리고 나는 아내에게 의논하여 나의 수입으로 생활비, 병원비도 부족하여 다른 일을 찾아보겠다고 하자 아내도 더 이상 딸의 병간호에 매달릴 수 없다며 아내의 친구에게 부탁하여 친구가 다니던 공장에서 같이 청소를 하였다.

혼자 남은 딸 민주는 불만으로 살고 있던 아파트에 불을 질러 119 소방차가 출동하여 진화하였으나 피해가 너무 커서 아파트 보증금 이천만 원으로 대체 손해배상을 하고 마산 동서병원 폐쇄병동에 입원하였으며 아내는 나에 대한 원망이 커져갔다.

내가 사업을 하여 손실을 본 것과 딸의 발병과는 별개의 것이었으나 아내도 딸의 병간호와 사는 것에 지치다 보니까 나에 대한 원망이 심하였으며 정신과 수면유도제를 복용하였다.

돈벌이가 될 만한 일자리를 알아보고 있던 중 예전에 고향친구 소개로 알게 된 용도 친구를 만나서 자기가 준비하고 있는 군부대 공사를 곧 착공한다고 그곳으로 와서 인력관리와 자재관리를 하라고 하여 나는 지금 하고 있는 일을 정리하고 가기로 하였다.

그동안 고마웠던 영규에게 사정을 알리고 아내와 의논하여 집으로 오고 싶다는 민주를 찾아가서 다시는 방화 행동을 하지 않겠다는 약속을 받고 병원장님을 만나서 말씀드려 집으로 데리고 왔다.

그리고 공장 청소에 힘들어하는 아내의 말을 듣고 예전 현직 시절에 도청파견근무, 체전 등으로 친분을 가졌던 계장님을 찾아가서 아내의 일자리를 부탁하여 새해 모집에 이력서를 제출하고 도청미화원으로 일하게 되었다.

아내는 공휴일마다 쉬는 관공서 일이라 딸과 시간을 맞추어 지낼 수 있었고 아들도 대학졸업을 앞두고 LG창원 2공장 연구원으로 채용 확정되어 2010년부터 출근하여 우리 가족은 모처럼 활기찬 모습으로 돌아와 나는 안심이 되어 사천 곤양으로 가서 친구를 만났다.

허용도 친구는 진주 경상대에서 학생회장을 하면서 환경감리 자격증을 취득하고 나는 KT 재직 시 정보통신감리 자격증을 취득하여 공사감리단과 인사를 시켜주고 감리단 숙소와 같은 건물에 현장소장과 내가 같이 쓰는 숙소를 마련하여 자유로운 숙식을 제공하였다.

친구는 자기가 어려울 때 나에게 신세를 많이 졌다며 나에게 보답한다고 하였다.

객지에서 지내는 나는 신혼부부같이 하루도 빠짐없이 전화하며 아내와 나의 수입으로 일 년에 이천만 원 정도는 저축할 수 있는 여건이 되어 우리 부부는 다시 시작하는 마음으로 희망이 생겼으며 한 달에 한 번씩 창원으로 와서 아내와 같이 외식을 가졌다. 실로 일억 원이라는 돈은 쓰기는 쉽지만 벌이기는 힘이 들었고 서울에 있던 둘째 딸도 행정고시 공부를 접고 학원 강사를 하였다.

우리의 바람이 조금씩 실현되어 가였으나 큰딸의 증세는 다시 예전처럼 돌아가 아내의 힘든 간호가 지치게 하고 셋방살이에 민주와 같이 생활하는 것이 여러 면으로 불편하여 나는 아내에게 우리 부부와 작은 딸, 아들 넷이 벌인 돈을 모아 우선 조그마한 아파트 전세로 이사하는 의견을 내었으나 아이들은 자기가 벌인 돈은 부모님에게 줄 수 없다는 것이다.

나는 아파트 전세금을 엄마, 아빠 둘이서 모으면 시간이 많이 걸려서 우선 네 명이 힘을 합치면 우리 가족과 엄마의 기운이 살아나고 월세를 아낄 수 있으며 엄마, 아빠가 벌어서 결혼할 때 돌려주겠다는 제의를 아내를 통하여 재차 타진하였으나 거절당하여 우리 부부는 우리 힘으로 해결하자고 말하고 나는 조금 더 희망적인 대안을 아내에게 내어 놓았다.

사천에서 일하고 있을 때 진주에 있는 큰누나의 딸 정림이와 박 서방이 내가 군부대에 일하는 숙소로 찾아와서 건설현장의 책임자급 기술자인 조카사위가 곧 큰 공사를 맡을 것이라며 삼촌이 임금과 안전관리를 맡아주면 좋겠다고 하여 나는 아내에게 좀 나은 돈을 벌일 수 있는 기회가 있다고 하며 아내의 마음을 달랬다.

 그리고 몇 달 후 산청에 있는 허준마을에 세계한방엑스포 유치에 따른 기념관 건립공사가 대륙건설에서 시공하게 되어 시공사 사장님과 조카사위 박 서방이 평소 건축공사에서 신뢰하고 지내던 사이로 인력을 동원하여 관리하고 숙식, 임금을 책임지는 계약을 하였다. 박 서방은 현장 일을 이끌어가고 임금과 안전관리, 간식 등을 나에게 맡겼다.

 우리는 산청군 생초면 지리산 식당을 전체 사용하고 마을에 잠자는 집을 추가로 구하여 숙식을 해결하였으며 돈 벌이는 재미와 강낚시, 투망질을 하며 피로를 풀고 여름을 즐기면서 지냈다.

 2011년 하반기 박 서방은 고리원전 공사를 장기간 할 수 있는 조건이 되어 그곳으로 가면서 나를 같이 가자고 하였으나 차후로 미루고 창원 집으로 왔다. 그동안 가족과 떨어져 공사현장에서 일하여 벌인 돈은 아내에게 주어 아내의 표정은 밝았다.

 나는 집에서 며칠 쉬면서 지리산 수련원 이용을 신청하여 아내와 민주를 데리고 창원에서 출발했다. 오랜만에 떠나는 여행이라 음악을 틀어 놓고 달리며 우리는 기분을 냈다.

수련관으로 가는 중간에 하동의 청학동과 삼선궁을 구경하고 쌍계사 대웅전에 업소 하여 딸의 건강이 회복되기를 기도하고 한참동안 부처님 불상으로 보며 한 가닥 희망이라도 기대하는 우리 부부의 마음을 알아 달라고 주머니에 손을 넣어 불전함에 시주를 하였다. 사찰 입구에 있는 식당에서 산채정식을 먹으면서 아내와 나는 딸의 기분을 전환시켜 앞으로 좋은 결과가 있기를 기대하였다.

청명한 가을 하늘과 섬진강물이 흐르는 강변도로를 따라 구례에 있는 KT수련원에 도착했다. 먼저 입소 절차를 마치고 호실 키를 받아서 짐을 풀었다. 우리는 목욕탕에서 피로를 풀고 다시 간편복으로 갈아입고 가까운 구례 화엄사로 갔다.

이곳에 올 때마다 방문하는 화엄사는 나의 어린 시절에 스님과 보살님이 우리 집을 찾아 아버지의 사리봉안을 하던 때가 생각나는 곳이다. 우리는 사찰을 구경하고 수련관으로 돌아와서 야외폭포 시설이 있는 의자에 앉아 사진도 찍고 과일을 먹으면서 딸의 시선을 바라보았다.

저녁시간이 되어 식당으로 가서 우리 가족만 앉는 자리를 잡고 나는 뷔페식으로 나오는 음식을 갖다 날랐다. 수련관의 음식은 올 때마다 느끼지만 매우 훌륭했다. 후식으로 나오는 수정과는 우리 가족이 좋아하는 것으로 나는 두 번을 왕래하고 가족을 데리고 이곳저곳으로 안내하며 나의 지난날 직장에 대한 자부심을 피력했다.

우리 셋이서 한 시간 동안 즐기는 노래방 시간은 나의 예쁜 딸과 사랑하는 아내가 있어 좋았다. 방으로 돌아와 아내와 딸을 옆에 두고 삼겹살을 구워가며 소주 한잔을 하는 나의 기분은 천하가 부럽지 않았다. 하루의 일정은 바쁘게 지나가고 밤이 깊어가는 시간에 아내의 손을 잡고 잠들어 더 이상의 행복은 없다.

이튿날 아침을 먹고 지리산 성삼재로 향하여 노고단을 다녀와서 휴게소에서 차를 마시며 민주가 초등학교 다닐 때 프린스 1500cc 승용차로 이곳에 왔을 때 눈이 온 고갯길을 1단 기어로 올라가던 나의 불안한 그때를 이야기하면서 이마에 땀이 났던 아빠를 놀리며 아내와 딸은 배꼽을 잡았다.

성삼재 휴게소에서 아래로 보이는 지리산의 경치를 보면서 한참동안 깔깔거리던 우리는 배가 고프다는 생각이 되어 아내와 내가 처녀 총각 때 춘향제 구경을 왔던 남원을 목표로 뱀사골을 거쳐 이몽룡과 춘향이가 놀던 남원루에 올랐다. 나는 그곳의 어느 주막집을 들어가서 해학적 풍미로 이러 오너라! 하여 아내와 딸의 허기진 배를 채웠다.

식당을 나와 비단잉어가 떼를 지어 다니는 연못을 보며 옛날에 찾았던 아내와 나의 추억을 되새김질하면서 아내와 딸은 그네를 탔다. 나는 아내와 딸의 그네를 잡고 우리의 고통과 불행을 이제 그만 하늘로 날려 보내는 바람으로 힘껏 밀었다. 그네를 타며 아내와 딸의 웃는 모습이 좋았고 나는 기분이 좋았다.

남원루를 뒤로하고 곡성 레일바이크를 타기 위해 그곳으로 갔다. 마침

열차 운행 시간이 되어 섬진강변을 오고가는 열차에 몸을 싣고 시골풍
경과 이곳의 향수 짙은 안내방송을 들으며 열차여행을 하고 우리는 수련
관으로 돌아왔다. 저녁을 먹고 야외의 물레방아가 있는 곳에 앉아 오늘
하루에 다녔던 이야기를 하면서 우리는 기분이 좋았다.

둘째 날 저녁에는 아내가 술이 한잔 먹고 싶다고 하여 나는 화엄사 앞
에 있는 식당으로 데리고 가서 그곳의 특산물인 산채와 파전으로 동동
주를 먹었다. 수련관으로 돌아온 아내는 얼큰한 기분으로 남편 가슴에
안겨서 잠자고 싶다 하여 나는 딸의 눈치를 보았다. 밤은 깊어가고 밤하
늘에 별들은 서로가 속삭였다.

3일째 아침에 일어나 삼총사는 산책을 하고 아침을 먹고 짐을 챙겨 수
련관을 나섰다. 산청을 지나서 창원으로 오면서 내가 일했던 허준기념관
을 관람하고 고향의 부모님 산소로 가서 엎드려 딸과 우리 가정의 안녕
을 기도했다. 그리고 산소 앞에서 어머니, 아버지 하며 불러보고 우리는
집으로 돌아왔다.

2012년이 되어 KT 퇴직자 모임 창원 사우회에서 회장을 맡은 나는 예
전부터 퇴직자들이 우리가 근무했던 곳에서 쫓겨나는 듯한 불신을 해소
하고 젊음을 바쳤던 직장과 관련된 일이라면 작은 것이라도 보람을 찾고
퇴직모임에 활성화를 가지는 데 관심이 많았다.

당시 마산, 창원에서 자생단체로 모이는 것이 5개가 있었고 그 중에서
제일 오래된 선배님들이 마산국에 작은 사무실을 두고 12명 정도 모이고

있었다. 옛날 재직 시 손부광 국장님이 회장으로 이끌어 가시던 대선배님들이었다.

그해 4월경 공사 관련하여 거제에 있던 나에게 전화가 왔다. 곧 선배님들의 모임이 있으니 의논할 것이 있다며 참석하여 달라는 것이었다. 나는 같은 사우회에 있던 이규춘 형님과 같이 모임에 참석하였다.

손부광 국장님은 마산, 창원에 여러 개의 모임이 있다며 이곳 지역의 대표로 부산본부모임에 참석하면 지역의 단합이 안 되고 나이 많은 우리들이 몇 명 안 되는 회원으로 대변하고 있는 현실에서 이제는 원로 분들이 모든 것을 내려놓고 싶다며 현재로서 규모가 제일 큰 사우회 회장을 맡고 있는 심말수가 마산, 창원을 통합하여 명실공이 경남의 일번지로 체면을 세워달라고 하였다.

실로 어른들의 말씀을 거절하기에도 어려웠지만 가슴 아픈 심정으로 나의 필요를 받아들여 나는 부족하지만 대선배님들의 뜻을 받들어 열심히 하겠다고 하였다.

그리하여 5월 12일 시내의 한 식당에서 4개 모임 회장단이 모여 통합 창원동우회장으로 추대 받아 나는 원로 선배님들을 고문으로 모시고 부회장 여성 1명, 남성 1명, 감사 2명, 약간의 이사진으로 구성하여 7월 5일에 모임을 가졌다.

이런 결과로 부산본부에 보고하여 권역별 체계에 모범적인 사례가 되었으며 규모가 크진 만큼 창원동우회 사무실이 필요한 관계로 나는 부산본부동우회를 방문하여 진용하 회장님에게 통합 창원동우회의 사정을 알리고 도움을 요청하였으며 기존 마산의 사무실은 원로 선배님들이 쓰고 300여 명의 회원이 쓸 수 있는 동우회 사무실을 30평 규모로 지사의 담당자와 본부 자산센터의 협조를 구하게 되었다.

제11화. 큰딸의 죽음

    아내와 나는 안내하는 사람을 따라 보관하고 있던 딸의 시신을 확인하고 오열을 토하며 경찰관에게 사실 경위를 물었다. 몇 시간 전 우리가 살던 인근의 아파트 옥상에서 떨어져 주민의 신고로 병원으로 옮겼으나 숨졌다고 하며 딸이 소지하고 있던 쪽지에 연락처가 있었다고 하였다.

    그러던 10월 초순에 아내한테서 날벼락 같은 전화가 왔다. 큰딸 민주가 삼성병원 영안실에 있다고 하여 나는 심장이 멈출 것 같은 순간을 넘기고 병원으로 달려갔다.

    아내와 나는 안내하는 사람을 따라 보관하고 있던 딸의 시신을 확인하고 오열을 토하며 경찰관에게 사실 경위를 물었다. 몇 시간 전 우리가 살던 인근의 아파트 옥상에서 떨어져 주민의 신고로 병원으로 옮겼으나 숨졌다고 하며 딸이 소지하고 있던 쪽지에 연락처가 있었다고 하였다.

    하늘이 무너지는 슬픔을 안고 형제, 조카들에게 연락한 뒤 병원에서 장례식을 가지고 창원시립 상북공원묘원 납골당에 유골을 봉안하였다.

자식을 앞세운 아버지로 추진하던 일 때문에 문영자 부회장에게 연락한 것으로 많은 지인들이 장례식장을 찾아주어서 우리 부부에게 많은 위로와 도움이 되었다.

딸의 장례식을 마치고 실신 상태에 가까운 아내를 달래며 운명이라 생각하였으나 18살에 아프기 시작하여 수많은 고통 속에 시달리다 31살의 나이로 사랑하는 나의 딸은 저세상으로 갔다.

딸 민주도 때로는 자기 자신이 미울 때도 있고 괴로울 때가 많다며 엄마, 아빠에게 말하여 거식증, 폭식증, 우울증이라는 병을 숨기고 살아가는 딸의 애틋한 처지에 우리 부부는 더욱 가슴이 아팠다.

삼우제를 지내고 아내는 무거운 몸을 이끌고 일터로 나갔으며 나는 아픔을 뒤로 하고 11월 1일이 자산센터가 독립적으로 발촉하는 관계로 동우회 사무실 마련이 시급하여 발품을 팔아야 되는 실정이었다.

당시 사정으로는 자산센터가 KT 건물 주인으로 진용하 회장님이 장봉갑 부산센터장과 현직 부산본부장을 만나서 사정을 하고 나는 창원, 마산 지사장을 찾아가서 협조를 당부하였으나 뜻을 이루지 못하여 진용하 회장님의 주선으로 김만두 선배님이 본회와 본사를 움직여 10월 30일에 사무실 사용 승낙을 받았다.

전화 연락을 받은 나는 자신도 모르게 만세! 만세!를 부르고 평소 형님 아우로 지내던 지사의 청사관리 담당자와 같이 구 동마산 전화국장실을 동우회 사무실로 정하고 정길영 마산지사장의 협조로 창원동우회 사무실을 마련하였다.

주변의 시선으로 큰딸이 죽은 지도 얼마 되지 않았는데 심말수가 동우회 때문에 미친 사람 같다는 소리도 들었지만 나는 딸의 장례에 조의금으로 들어온 50만 원을 동우회 기금으로 내고 여행사를 하던 문영자, 홍수련 씨도 50만 원을 기금으로 보태어 11월 14일 마산 공설운동장 앞 황소 한 마리 식당에서 창원, 마산 지사장을 초청하고 통합창원동우회원들이 참석한 가운데 사무실 개소식과 동시 발촉식을 가졌다.

그날 회식자리에서 원로 회원님들을 대표하여 손부광 선배님은 오늘의 영광스러운 자리를 축하한다며 앞으로 가입하지 않은 회원들을 독려하여 같이 옛정을 나눌 수 있도록 심말수 회장을 비롯한 집행부의 협조를 당부하였다.

그 후로 동우회 사무실의 형태를 갖추기 위해 각종 집기류와 현황판 제작을 혼자서 하던 중 여성자문위원 최선자 씨가 100만 원을 후원하여 냉장고, 소파 등을 마련하였다.

나는 매일 사무실로 출근하여 마산, 창원, 진해와 인근 지역에 있는 회원들의 주소와 연락처를 확보하고 창원동우회 활동사항, 사업계획을 담은 소식지를 만들어 회원들에게 알리고 자생단체 모임에 참석하여 창원동우회 활성화 방안을 제시하고 또 회원들의 의견을 모았다.

나는 창원동우회 발전기금을 조성하기 위하여 본회 행사에 참석하여 재직 시 알고 있던 이상복 본부장님, 이경준 부회장님을 통하여 KT 상품판매 장려금 등 퇴직사우를 통한 인덕션 주방기구 돈이 될 만한 모든 것을 찾아 열심히 뛰었으며 특히 여성단체에서 나의 열성을 이해하여 적극적인 참여가 있었기에 가능했던 사실은 창원동우회가 잊지 말아야 될 것이다.

일정한 수입 없이 동우회 활동을 추진하고 있던 나를 격려하여 주시는 회원님들은 큰 힘이 되었으며 사무실에 출근하여 회원관리, 경조사 연락, 본회, 본부와의 업무 조율 등으로 지역 동우회 운영비를 지원받는 성과를 거두어 동우회 활성화 방안에 힘이 생겼다.

부산본부 대의원으로 대전연수원에서 열린 정기총회에 참석하여 옛 통신공사사장을 지냈던 이준 본회 동우회장님에게 공식 질의 답변을 요구하여 거둔 성과이다.

매일같이 출근하는 나에게 여행사 누나들은 일정한 벌이도 없이 고생한다고 점심을 챙겨주어 나를 위로하고 각종 행사에도 참여하여 솔선수범하는 나의 지원군이었다.

어느 날 아침부터 비가 내리는 동우회 사무실에서 지난날 내가 걸어온 발자취를 생각하며 젊은 날의 야망과 패기 그리고 얼마 전에 실패한 사업으로 상처받은 나와 가족들의 모습이 떠올라 창가에서 바라보는 빗줄기를 보며 가슴속으로 흘러내리는 외로움과 자책감이 찾아 들었다.

사업관계로 사천시청을 여러 차례 왕래하던 때 환경청의 불승인 사항으로 어려움을 겪고 있는 것을 시청 환경과 김자호 님은 곤명면 삼정리 지역이 행정구역상 수변구역으로 지정되어 있으나 지자체로서는 진양호와는 먼 거리이며 신재생에너지 태양광발전 시설이 유해물질을 발생시키고 배출되는 것도 아니고 당해시로서 주민들의 동의를 받은 상태에서 시설공사에 불가한 이유가 없다는 의견을 주어 나는 공문서를 들고 낙동강 유역청을 찾아가서 담당부서의 과정에게 제시하여 타당성이 인정되어 경남도청에서 도지사의 허가를 받았다.

나는 책상 앞에 앉아 경남도 김태호 지사님의 홈페이지를 열었다. 나의 사업은 실패했지만 지금 그곳에는 태양광 발전소가 완성되어 운영되고 있으며 당시에 친절한 공무원의 사례는 모든 공직자들의 귀감이 되어 상부기관인 도지사님의 격려를 당부하였다.

나는 모범 공무원 김자호 씨에게 감사한 마음을 표현하여 기분이 좋았으며 창밖의 비도 그쳐 화창한 날씨에 창문을 열었다. 후일 소식으로는 김수녕 시장님과 조근도 국장님도 기뻐하여 김자호 씨는 사천서포면장으로 승진 발령되어 나는 지난날의 슬픈 기억 속에 보람된 위로를 가졌다.

동우회 활성화를 키워가던 중 고향 동창생의 소개로 창원시 지방공기업으로 있는 창원 경륜장에 37명의 미화원을 관리하는 관리소장 자리가 생겨서 일정한 수입이 없던 나는 2013년 6월 16일부터 출근하여 일을 하게 되었다.

일주일 중 금, 토, 일에 경기를 하고 수, 목은 준비하는 주 5일 근무에서 김해지점의 경륜, 경정, 스크린 객장도 관리하는 일을 하면서 동우회 운영을 하였다.

그동안 직장과 수입이 없었던 나는 아내와 함께 의논하여 우리의 생각보다는 큰돈이 모이지 않지만 열심히 하면은 언젠가 우리들의 바람이 이루어진다는 희망과 새로운 각오로 시작하였다.

한동안 직장이라는 조직을 떠나서 이곳저곳을 떠돌아다니던 나에게 관리소장이라는 직책은 보람이 있었고 박상재 공단 이사장님의 배려는 나와 미화원으로 일하던 여성들이 존경하였으며 갑의 입장에 있던 일부 공단직원의 지나친 간섭과 질책 속에서 나는 미화원들의 방패가 되어 많은 수모를 당하며 일하였지만 언제나 미화원들의 노고와 나를 따르는 의로움이 좋았다.

청소를 하여 생긴 폐지는 우리들의 영양제가 되어 한 달에 한 번씩 회식을 하고 봄, 가을로 관광버스를 타고 멀리 야유회도 가지며 미화원 휴게실에서 과일과 커피를 사먹는 데 충분했다.

객장을 청소하면서 줍는 돈을 모아 창원에 있는 가출 소녀의 집에 기부하는 보람도 가졌으며 특히 박상재 공단 이사장님은 미화원들의 노고를 격려하여 표장도 주시고 월남쌈밥도 사 주셨다.

아내와 나는 근무시간이 달라서 같이 지내는 시간이 작았지만 돈을 모으는 재미로 서로를 이해하며 위로하였고 나는 쉬는 날이면 동우회 사무를 보면서 바쁜 시간으로 지내던 중 옛 직장에서 노동조합 활동을 했던 시절의 지부장들이 퇴직하여 결성된 KT노동조합동우회에서 창원지회장을 맡게 되어 사단법인 양쪽 동우회 지역회장으로 더욱 바쁜 일정이 되었다.

봉사하는 자세로 하는 일이지만 많은 사람들을 알고 지냈던 재직시절부터 회원들의 경조사에도 빠지지 않았으며 각종 행사 진행에도 시간과 돈이 부족하였다. 그러나 사람 사는 근본이 어울려 비비며 살아가는 가운데 정이 싹트고 감동을 느끼는 것이라 나도 그중에 한 사람으로 생기 있는 생활을 하였다.

아들도 성실히 직장을 다니면서 승진을 하고 서울에 있던 작은딸은 학원 강사로 일하면서 성당에 다니던 남자친구와 교제한다는 소식을 듣고 우리 부부는 딸의 결혼 준비를 생각하며 열심히 하였다.

2014년을 보내고 새해가 시작되어 양가의 부모들이 상견례를 가지고 그해 봄에 딸의 결혼을 치렀다. 세상의 부모님들 마음은 다 같은 것으로 형편에 따라 양가의 합의된 혼수와 딸과 사위의 긍정적인 현실을 받아들여 여러 친척, 지인들의 축복을 받는 출발이 되었다.

우리 부부는 그동안 살아온 것이 생각나서 눈물을 흘렸고 서울에서 내려오는 대절버스 안에서 노래도 같이 불러 메었던 가슴을 탁 털어버렸다. 창원으로 돌아온 우리 부부는 다시 일상으로 돌아가서 노후를 대비해서 주거안정이 우선으로 수입을 절약하여 적금을 넣어 희망을 키워갔다.

바쁜 생활 속에 2015년이 저물고 새해가 되어 아내와 나는 우리가 생각했던 것보다는 돈이 많이 모이지 않는 답답한 마음을 토로하던 중 아내는 지금까지 모아둔 돈을 주식투자를 해서 불리고 싶다하여 나는 아내의 선택이 바람직하지 않았지만 아내의 우울한 표정을 보고 아내에게 하고 싶은 대로 하라고 하였다.

그리고 금년부터는 나의 급여로 적금을 넣고 용돈을 아껴 쓰겠다고 하여 조금 더 아내에게 용기와 자신감을 주어 우리가 살아가는 데 희망을 가질 수 있도록 하였다. 그리고 우리 부부는 평소와 같이 생활하여 바쁜 나날의 연속으로 달력을 넘겼다.

그 해의 연말이 다가올 즈음 아내의 2017년 근로계약에 어려움이 있다고 하여 나는 아내에게 어떤 상황인지 물었다. 아내는 도청에서 일하던 중 시말서를 쓴 것이 사유가 되어 두 사람이 일할 수 없다며 속을 태우는 것을 보고 나는 도청의 지인에게 우리 가정의 어려운 사정을 말하여 아내는 고용승계 되어 일할 수 있게 되었으며 실로 나의 일자리가 연말로 계약 만료되는 처지에 있었다.

그리하여 나는 내년의 일자리를 알아보고 있던 중 2015년 용역업체 사장님과 통화로 경남 창원에 지사를 설립할 계획을 추진 중이라며 실행하게 되면 나를 지사장으로 일을 맡기겠다고 하여 나는 아내에게 의논해서 그동안이라도 직장을 알아보겠다고 하였다.

제12화. 나의 잘못

재판을 진행하던 중 퇴직 사우들도 이 사실을 알게 되어 지인들과 함께 평소에 나에 대한 인식으로 재판부에 탄원서를 연명해서 내어주고 면회도 와서 나를 위로하여 주었다.

나의 잘못으로 믿고 지냈던 많은 사람들에게 부끄러웠으며 나의 가족에 대한 가장으로서 고개를 들고 살아 숨 쉬는 것조차 괴로웠다.

2016년 12월 31일까지 일을 마치고 그동안 정들었던 사람들과 인사를 나누고 집으로 돌아왔다. 3년 6개월간의 공단관지소장직은 나에게 어려운 시기에 소중한 시간이 되었으며 많은 도움이 되었다. 나는 아내와 마주앉아 막걸리 한잔을 나누며 새해의 설계를 하면서 하늘나라로 간 딸 이야기를 하며 눈물을 흘렸다.

2017년 1월 2일 평소 알고 지냈던 지인들과 만나서 술자리를 하고 집으로 돌아오던 중 상가지역에서 다른 술 취한 사람과 시비가 붙어 싸움을 하다가 사고가 발생하였다.

나는 만취상태에서 유치장에 수감되어 이튿날 경찰관을 통하여 그날 나와 싸움을 한 사람이 죽었다는 것을 알게 되었다. 그로 인하여 조사를 받고 나는 징역 10년형을 선고받아 현재 수형 중이며 그 일로 인하여 아내는 충격으로 쓰러져 병원에서 치료를 받고 휴양시설에서 생활하다가 2017년 10월에 세상을 떠났다.

딸과 아들은 못난 아버지를 원망하여 지금까지 소원한 관계로 있으며 재판 중 한 번의 면회 때 공직생활을 하였던 아버지의 행동을 이해할 수 없다고 하여 형님과 조카들은 당분간 세월이 약이라고 한다. 나의 잘못으로 아내마저 잃게 된 나는 많은 후회와 그동안 고생했던 아내에 대한 죄책감으로 괴로워하고 있다.

재판을 진행하던 중 퇴직 사우들도 이 사실을 알게 되어 지인들과 함께 평소에 나에 대한 인식으로 재판부에 탄원서를 연명해서 내어주고 면회도 와서 나를 위로하여 주었다. 나의 잘못으로 믿고 지냈던 많은 사람들에게 부끄러웠고 나의 가족에 대한 가장으로서 고개를 들고 살아 숨쉬는 것조차 괴로웠다.

2017년 10월 재판이 끝나고 형이 확정되어 12월 7일에 ○○교도소로 이감되었다. ○○지역에서의 첫날밤은 잠이 오지 않고 그동안 재판으로 시달려온 시간이 끝나고 세상에 외로운 고아가 된 것 같은 생각과 언제쯤 자식들이 나를 용서할 수 있을는지 하는 마음에 참회와 반성하는 시간으로 인생의 막다른 길목에 서 있게 되었다.

이곳은 전국 교도소에서 사형수, 무기수가 제일 많고 징역살기가 힘들다고 소문이 나 있던 곳으로 생활하기 어려울 것이라 생각되었다. 징역에서는 피할 수 없으면 즐기라는 말이 있듯이 재소자들의 성향이 다양하고 어떤 사유로든 이곳을 오게 된 사람들은 평범하지 못하고 개성이 짙은 사람들이다.

그 중에서는 일제강점기 독립운동을 하다가 수감된 자로 착각하여 기세등등한 행동으로 같은 수형자를 기선 제압해야 만이 본인이 살 수 있다는 논리로 다툼이 발생되어 징역 내에서 조사수용 후 징벌을 받게 되는 사례도 빈번하다.

감옥에서 또 다른 잘못을 하여 각자의 주장을 강하게 피력하는 현실은 매우 실망스러운 과정이 되풀이됨은 사회로부터 비난받아 매장되는 것이 당연하게 느껴질 때도 있다.

나는 앞으로의 수형기간 중 계획을 세워 우선 첫 단계로 인성교육과 2018년부터 지난날 이루지 못했던 나의 꿈을 이루기 위해 검정고시를 합격하여 대학을 가는 것이었다.

그리하여 수감생활을 하는 중에 1월부터 하루 2, 3시간씩 공부하여 4월 10일에 중졸 검정고시에 응시하여 5월 9일 합격자로 통지받아 기쁨과 함께 성취감으로 다음 고졸 검정고시를 생각하게 되었다.

징역 10년이면 중학교 3년, 고등학교 3년, 대학교 4년으로 법무부 기숙사 생활하는 각오로 나의 목표를 찾아가면 수형생활 하는 동안 보람도 가지고 긍정적인 자세로 임할 수 있어서 가치 있는 시간으로 좋은 결과를 가질 수 있을 것으로 생각되었다.

나는 서울에 있는 천수 형님에게 이 사실을 알리고 기쁨을 같이 나누었고 형님은 지난날 우리 가정의 어려움으로 동생이 학교를 다닐 수 없었던 사실에 언제나 가슴 아파했던 것이 이제 환갑이 지난 동생이 징역 생활에서 공부하겠다는 것을 대견하다고 위로하며 용기를 내어 꼭 이루기를 바란다고 응원하였다. 그동안 명절에 형제들이 모이면 나에 대한 미안함이 있었던 것도 있었지만 나의 이해로 원망은 없었다.

봄이 되어 꽃향기와 푸르름이 짙어가는 날 향수 짙은 마산에서 응용 친구와 동생들이 면회를 왔다. 그래도 못난 사람 잊지 않고 가끔씩 찾아주는 사람들이 반갑고 언제나 사회로 돌아가 같이 지내고 싶은 마음이 간절하여 어떤 고난이 있더라도 모범수형자가 되어 출소하는 그날의 희망이 커져갔다.

나는 이곳에서 수형 생활하는 동안 종교집회에 나가기로 마음먹고 처음 창원교도소 있을 때 한 주일은 불교집회 또 한 주일은 기독교 또 다른 주일은 천주교 집회에 나가는 떡신자였으나 형이 확정되고부터는 내가 처음 선택했던 불교집회 교리, 자매를 하게 되었다.

○○교도소에서 가까운 동화사에서 스님들이 오셔서 좋은 말씀을 들려주시고 통기타 여승의 노래 보살님들의 합창단과 법사님들의 색소폰

연주 등으로 수형자들의 마음을 달래주는 봉사 행사가 계속 이어졌다.

한 달에 한 번 있는 자매님들과의 자리에는 떡, 과일을 듬뿍 마련하여 주심은 사회에서 다과회하는 분위기로 좋았으며 보살님들의 따뜻한 위로의 말씀은 종교생활의 감초로 자매날만 기다려진다.

연꽃이 좋아 연화랑으로 법명을 지은 보살님은 30년 넘게 교도소 법당을 다닌다고 하여 나는 그 분을 위해 소박한 시를 지어 주고 하였으며 영치금으로 넣어준 일만 원은 내 인생에 천금과도 같았다.

같이 자매모임을 하는 한 수형자는 무기수로 60살에 교도소에 수감되어 17년째 살고 있다 하시며 이제는 이빨도 다 빠지고 눈도 멀어져 앞으로 살아서 사회에 돌아갈 수 있는 희망이 희박하다고 하면서 눈물을 흘리고 독거생활을 하다가 언제 죽을지 몰라서 혼거생활을 한다고 말하였다.

보살님들은 가끔씩 약값으로 쓰라며 영치금도 넣어주시고 홍시도 사다주어 할아버지의 마음을 조금이라도 달래 보려고 애를 썼다.

자매법회

방학지낸	법회에는	자매결연	맺어지고
절편하고	능금하며	차려주어	위로하여
목이메어	우는구나	부처님을	불러보네
마주보는	보살님은	이름하여	물어보니
연꽃좋아	법명으로	연화랑을	지었다오
불경사경	정성들여	지은죄를	씻어라네

어머님	살아생전	고귀함을	몰라보고
세상풍파	부딪히며	자식놓고	살아보니
땅을치고	불러보고	하늘보고	불러봐도
어머님은	간곳없고	어머님은	대답없네
불효막심	이자식은	기천불에	업소하여
어머님을	그려보며	지난날을	후회하네

190

시간은 흘러 여름이 되어 사동 옆 간이운동장에는 교도소가 생길 때 심었다는 오동나무에 비가 내리면 창밖을 보고 오동잎에 떨어지는 빗방울 소리를 들으며 기차 고삐처럼 멀어져간 추억과 내뿜는 연기만큼이나 희미한 기억 속에 내가 소망했던 꿈과 그리운 사람들의 모습을 그리면서 눈시울 뜨겁도록 달아오르는 마음을 달래본다.

처마 밑에 앉아 깃털을 고르는 새들을 보고 있노라면 나의 처지가 처량하여 라면 박스를 책상으로 펜을 잡아 가슴에 메아리치는 나의 혈류로 하얀 종이 위에 그려본다.

그런 나날의 연속으로 소낙비 쏟아지던 여름은 가고 창밖의 오동잎은 한 잎 두 잎 떨어져 가을로 접어들어 갈대 바람 불어오던 마산만에 봉암 꼬시라기가 생각나고 만날재의 망개넝쿨처럼 얽혀 살던 우리네 인생에서 빠알간 망개열매 같은 순정이 익어가고 무학산 평지에 억새 홀씨 날리어 만고에 흩어지는 유랑자 같은 수형자로 계절의 쓸쓸함에 젖어들었다.

누구에게나 한때는 대추나무 열매처럼 옹기종기 모여 익어가는 가족의 행복이 있듯이 법자인 나에게도 행복 겨운 추억이 있었기에 이 가을을 만끽할 수 있다.

청명한 가을 하늘에 조각구름 흘러가고 기러기 줄을 지어 둥지 찾아 날아가는데 수형자의 마음은 저 멀리 가고파의 향수를 찾아 마산 하늘을 바라보았다.

그리움

심말수

푸른하늘	도착지에	기러기때	날아가고
매란국죽	그림같이	향수짙은	마산항아
그리움에	타는심정	연기처럼	피어나고
가고파라	그리운곳	안개처럼	피는구나
대추열매	익어가서	가족같이	주렁주렁
호박넝쿨	뻗어가서	자식같이	덩실덩실
억쇠홀씨	흩어져서	이내청춘	회포로다
그리운님	생각나서	옛추억이	그립구나
봉암포구	돛단배에	노를젖는	뱃사공아
합포만에	닻을놓아	갈매기때	벗을삼고
제일각에	꼬시라기	그시절이	그립구나
갈대사이	부는바람	지난세월	그리워라

가을

심말수

연꽃향기	피어나서	자비로운	사바세계
지극정성	기원하여	연밥으로	여물지네
만날재에	억쇠홀씨	사연담아	흩어지고
망개열매	꺾어가서	옷고름에	달아주고
푸른하늘	조각구름	청처없이	흘러가고
기러기때	줄을지어	둥지찾아	날아가네
그대몹시	그리운날	만중운산	처지로다
서리맞은	들국화는	굳은절개	지키건만
담장넘어	석류알은	님을향한	눈망울로
가을바람	추억속에	내마음을	달래보네
대추열매	옹기종기	옛시절이	그립구나
사랑하는	사람이여	이가을을	노래하오

그리운 님

심말수

가을비　　내리는날　　그대와　　단둘이서
우산을　　받쳐들고　　팔장끼고　　걷고싶네
부림시장　　떡볶이와　　순대접시　　비워보고
한복골목　　찾아가서　　옷저고리　　메어보고

황금당에　　금반지를　　그대손에　　끼워주고
강신도의　　신사복은　　주인찾아　　기다리네
창동골목　　가판대에　　악세사리　　골라보고
그대와　　단둘이서　　팔짱끼고　　걷고싶네

홍콩빠를　　찾아가서　　출렁이는　　물결위에
그대와　　마주앉아　　옛추억을　　그려보네
구실마을　　포도향기　　바람결에　　실려오고
농어새끼　　뛰는구나　　술잔을　　기울이네

국화향기　　그리운곳　　지난날을　　회상하고
그대만남　　그리움은　　가을비로　　적시는데
오동잎에　　빗방울은　　슬퍼우는　　이내가슴
보고파라　　성순님아　　팔장끼고　　걷고싶네

11월의 가을은 깊어지고 소 내 안내방송과 TV자막에는 2019년 직훈이 공고되어 담당부서의 주임은 전국 교도소에서 실시하는 직업훈련 희망자를 신청 접수하는 시기로 나는 전북 ○○교도소 재활직업훈련 한식조리에 신청하여 12월에 초순에 선발 확정되어 12월 21일에 ○○재활관으로 이송되었다.

　전국에서 훈련생들이 모여들고 나는 재활관 3층에 생활거취실을 배정받아 내년 1월 1일부터 훈련생으로 1층, 학, 실습장을 왕래하는 재활관의 구조는 기숙사 같았으며 방, 세면장, 화장실은 원룸건물 수준으로 좋았다.

　3층에서 내려 보는 풍경은 가까운 거리에 저수지가 보이고 갈대숲을 오고가는 청둥오리는 저수지를 휘젓고 다녔으며 재활관 보호망 넘어는 포도밭이 있고 논과 밭 마을 뒷산에 대밭이 보이는 농촌의 자연환경이 살아 있는 곳이었다.

　법무부 보호시설로서는 처음 들어보고 느껴보는 ○○재활관은 일 년 동안 지내면서 사계절에 따라 주변의 새소리, 멍멍이 짖는 소리, 부엉이, 꼬끼오와 다양한 하모니를 이루는 곳으로 다양한 정서가 넘치는 옥구읍 옥정마을이었다.

　나는 이 정도의 시설과 환경이라면 2019년 직업훈련을 받으면서 고졸 검정고시 공부를 해도 무난하겠다는 생각이 되어 서울에 있는 천수 형님에게 편지하여 시험에 대비한 책을 보내달라고 하였다.

직업훈련이 시작되는 1월 1일부터 두 마리 목표사냥을 시작하였다. 2월 초순에 예비시험을 61점으로 겨우 넘기고 나의 직업훈련과정에 충실하여 시간이 나는 대로 책을 펼쳐 시험에 대비한 공부를 하였다.

수형자의 단체생활에는 어디에서나 다툼이 발생되고 한식조리반 14명이 시작하여 10명이 수료하는 결과로 실망스러운 일도 있었다. 훈련생들이 음식을 만들어 먹는데 많은 관심을 가지고 의견차이로 훈련생들끼리 싸움을 하여 상처가 생겨서 조사 수용되어 쌍방징벌로 퇴소 조치되는 일이 있었다.

그런 분위기 속에 훈련계장님과 강사님은 훈련생들을 교육시키고 지원하여 일 년 동안 고생한 결과로 자격시험에 합격시키려고 애를 쓰는 반면에 관리자 몰래 조리대에서 음식 만들어 먹는데 관심이 많은 훈련생들 때문에 본연의 과정에 많은 어려움이 따랐다.

그런 가운데 나의 계획을 추진하는 것으로 자격증도 취득하고 앞으로 나의 생활에 도움이 되는 실습과 검정고시 공부를 하기 위해 좋은 분위기를 만들어 보려고 영치금이 없는 사람의 생필품과 식품을 나누는 것을 시기자의 고발로 자술서도 쓰게 되었다.

훈련은 시작되어 우리가 운동하는 주변에는 새싹이 돋고 백일홍 나무에는 꽃망울이 생기고 울타리 넘어 포도밭에는 농부의 일손이 바빠지는 따뜻한 봄이 되었다.

어둠이 가시기 전에 언제나 잊지 않고 알려주는 꼬끼오! 소리에 하루를 시작하고 희미한 새벽안개 사이로 까치와 참새들이 창문 넘어 울타리에서 소리 내어 나를 반기고 전깃줄에 앉은 비둘기와 까치들은 저수지 위를 번갈아가면서 날으는 조용하고 아름다운 풍경이 펼쳐진다. 아침 운동시간이면 이슬 머금은 풀잎이 생동감 넘치게 푸릇푸릇하여 훈련생들의 희망도 밝아온다.

그러던 4월 10일 전북교육청이 주관하는 고졸 검정고시에 응시하여 5월 9일 합격하였다는 통보를 받았다. 재활관 직원들과 훈련생들은 나이 많은 사람이 100일 정도 공부하여 합격한 것이 대단하다고 칭찬과 격려를 해주어 나는 기뻤다.

며칠 후 합격 증서를 복사하여 형님과 아들에게 보내고 수형생활하면서 대학을 가려는 나의 생각을 알렸다. 그리고 ○○교도소에서 그간의 노고를 격려하는 배려로 가족 만남의 시간을 제공하여 서울에 있는 천수 형님이 내려와서 나를 반겼다. 어릴 때 상처받은 나의 마음을 지금이라도 자신의 노력으로 할 수 있어 기쁘다며 대학 공부도 응원하여 주었다.

직훈 2개월마다 자체 필기시험, 실기시험도 좋은 성적으로 채워갔고 입소식 때 소장님이 말씀하는 LNG 코칭센터 김병욱 땡큐베이터님의 자체 인성교육프로그램에서 감사하는 마음과 실천하는 일기 쓰기를 권장하였다.

나는 재활관에서 숙식을 하면서 교육도 받으며 종교집회와 인성교육을 수강하고 여러 강사님들의 좋은 말씀을 많이 들었다. 그 중에서도 우리가 생활하면서 감사하는 것들을 100일 정도 일기를 써보라는 말을 듣고 나는 직업훈련을 받으면서 여러 방면으로 받은 혜택을 감사하고 주변의 사람들에게 감사하는 마음을 100일 동안 쓴 일기가 3권의 노트와 1권 미니 메모장이 되었다.

그리고 11월 초순에 감사일기장을 제출하여 김영식 소장님이 직접 읽어보시고 소장님께서 표장을 주셨다. 2019년 직업훈련을 받으면서 덤으로 받은 표창은 나에게 큰 보람이 되었으며 새로운 희망이 꽃피는 시발점이 되었다.

이를 즈음에 마산에 있는 을용 친구와 성삼, 회래 동생이 면회를 와서 나를 위로하며 필요한 사항이 있으면 언제든지 연락하면 지원하겠다고 하여 나의 수형생활에 용기를 주었다.

지난날 직장동료이자 친구, 형제로 우애가 깊었던 것으로 이감 가는 곳마다 잊지 않고 찾아주는 고마움은 내가 평생 감사해야 되는 부분이다. 특히 회래 동생은 내가 KT통합창원초대회장으로 5년차에 사무국장 일을 맡아 나를 보좌해오던 중 사고가 발생하여 동우회 일을 처리해야 되는 과다한 업무에 나는 미안한 마음이 더 했다.

힘든 수형생활이라도 건강을 잃지 말라는 당부를 하고 돌아가는 모습을 보고 나는 손을 흔들며 웃고 있었지만 가슴 속으로 감격스러운 눈물이 흘렀다. 나는 소리 내어 친구야! 고맙다. 아우야! 고맙다고 말했다.

하루를 시작하는 끼오의 울음소리에 이부자리를 털고 일어나 매일같이 잊지 않고 찾아오는 쨱이와 까치는 창문 넘어 테크 위에서 나를 반기고 여명이 밝아오는 옥구들녘에 햇살이 퍼져 이슬 머금었던 풀잎은 기지개를 켜는 아름다운 아침이 펼쳐집니다.

학과장으로 가는 훈련생들은 얼마 남지 않은 훈련을 앞두고 활기찬 모습으로 운동을 하고 주변에 뻗어 있는 칡넝쿨 사이로 여치, 방아깨비, 사마귀들을 보며 어린 동심의 시절로 돌아가서 장난질을 하는 시골의 평화로운 자연을 풍미하였다.

재활관에서 바라보는 옥정저수지 연꽃은 지고 연밥이 여물어 가는데 청둥오리 꽥꽥 소리 내어 한가로이 노닐며 마을에서 들려오는 멍멍이 소리가 한적한 시골풍경이 아름답고 해질녘 기러기 떼 줄을 지어 둥지 찾아 날아가는데 수형자의 마음은 갈 곳을 잃어 먼 하늘만 바라본다.

달빛마저 수줍어하는 밤의 적막이 찾아들고 귀뚜라미 울음소리에 가을이 깊어간다. 잠 못 이루는 수형자의 심경은 고요한 밤하늘에 고동을 치며 그리운 사람들의 모습을 찾아 헤매다 지친 몸을 이리저리 뒹굴어 본다.

은하의 물결 출렁이는 밤하늘을 보면 옥정저수지에 실바람 타고 내려앉은 달빛 별빛의 파노라마가 펼쳐져서 낭만 넘치는 가을밤에 젖어본다. 그동안 수형자의 처지로 ○○지역 옥정마을이 주는 정서적인 가치는 소중하고 감사하며 사회로 돌아가는 날 잊지 않고 찾아오고 싶은 곳이다.

얼마 남지 않는 훈련기간에 다시 남고 싶은 미련이 있고 이곳에서 얻은 좋은 결과는 나의 자랑이 되어 간다. 같은 방에서 생활하는 김성호는 평안도 진천에서 탈북한 절실한 기독교 신자로 나의 노력하는 모습에 대단하다고 칭찬해준다.

성호는 탈북 하여 신학대학을 나와 전도사로 활동하였으며 수형기간 중에 방통대 법학과를 공부하고 이곳을 희망하여 우리는 서로 만나게 되었다. 북한에서부터 사과를 좋아하는 성호는 매일 아침 식전에 우리 방 사람들에게 사과를 씻어주고 치아가 좋지 않은 나에게 사과 반쪽을 깎아 주는 친절한 사람이다. 같은 훈련생들과도 유대관계가 원만하여 항상 많은 사람들과 대화를 나누고 영어 실력이 좋아서 묻는 사람들도 많았다. 대학을 희망하는 나에게 방통대에 대하여 많은 안내를 해주어 도움이 되었고 출소하는 날까지 서로 연락하기로 하였으며 의롭게 지냈다.

그러던 11월 말경에 시행한 국가자격 한식조리사 시험에 합격하여 나의 목표를 달성하였다. 직업훈련을 마친 우리들은 내년도 직훈 신청과 방통대와 순천제일대학을 입학 신청할 수 있는 기회가 주어져 나는 이송되기 전에 그곳에서 대학 입학을 지원하였으나 본소에서 실시하는 집체인성교육 미 이수자와 형기 3분의 1 이상 미달되어 자격요건이 되지 않는다는 규정에 따라 교정직원의 설명을 듣고 자격요건을 갖추어 2020년 말에 신청하기로 마음먹고 2019년 12월 24일자 그곳에서 ○○본소로 이감되었다.

2020년 3월 1일부터 대학을 공부하고 싶은 나의 기대는 1년을 기다려야 하는 사정으로 우선 집체인성교육을 받아야 되었다. 이곳 거취실을 배정받아 나를 반갑게 맞이하는 사람은 2017년에 잠시 같이 있었던 경주 멋쟁이 동생이었다.

이곳으로 온 지 3일이 지난 12월 27일은 순천제일대학 원서 마감일이었으며 오후에 사회복귀과 인성교육 담당 주임이 나를 면담하였다. 교정본부에 서신한 내용을 물어서 나는 대학을 가고 싶은 마음으로 인성교육은 대학을 마치고 받을 수 있고 형기는 2개월이 부족하여 학교를 다니는 동안 자동으로 채워질 수 있어 ○○교도소에서 대학입학을 호소하였다고 답하였다. 주임은 규정상 어쩔 수 없으니 새해에 집합인성교육을 받도록 참고하겠다고 하여 2020년 초순에 수강편성을 당부하였다.

교도소에서는 수형자가 상부기관에 서신 질의하는 것을 못마땅하게 생각하여 나를 보는 주임님의 표정과 말은 곱지 못하였다. 그리고 이틀 후 법무부 교정본부에서 질의회신문이 와서 수령하여 읽어보니 나의 배우려는 의지는 이해할 수 있으나 우선 초기에 인성교육을 받을 수 있도록 조치하였으니 내년에 대학을 신청하라고 하였다.

이렇게 하여 기해년이 저물고 2020년 경자의 새해가 되어 1월 3일부터 인성교육 제1기로 70시간의 기본교육을 모범수강자로 받았다. 1월 24일 교육을 마치고 설날연휴를 지나서 2월 중순에 단기 직훈(3개월)을 신청하고 4월 1일 기간 동안 공백시간을 최대한 활용하고 싶은 생각으로 자서

전을 쓰기 위해 펜을 잡았다. 단체 거취 생활하는 공간에서 글을 쓴다는 것은 쉬운 일이 아니지만 수형자의 처지로 인내하며 초안을 시작하였다.

세계적인 관심사 코로나19가 2월 중순부터 발생되어 이곳 ○○지역은 집중 관심 지역이 되어 긴장된 분위기 속에 재난관리 단계가 심각으로 격상되어 총리가 지휘하는 통제본부가 설치되고 대통령이 국민들에게 당부하는 메시지가 선포되었다.

이곳에서는 모든 것이 정지 통제되어 내가 하던 원고작업도 중단하였다. 사계를 절기로 우수, 경칩이 지나고 3월로 접어들어 멀리 남도에서 불어오는 미풍은 콧등을 자극하였다.

수형자의 몸이지만 나의 마음 깊은 곳에는 어린 날 활기 넘치던 시절 옥천사 계곡의 정기가 피어나고 부산 해운대 동백섬 향수가 그리운 봄의 기운이 느껴졌다.

새한고절의 매서운 추위 속에서도 그 향기를 잃지 않고 간직하였다가 봄의 기운을 받아 피어나는 매화처럼 굳은 의지가 피어나는 아름다움이 있는 계절이다. 같이 생활하는 환석이는 내가 다시 글을 쓸 수 있도록 공간을 양보하고 할배의 파이팅을 응원하였다.

3월 중순부터 원고 초안을 다시 써서 서울에 있는 형님에게 보내어 복사본 2부를 보내 달라고 하였으며 사회생활에 바쁜 형님의 현실이 내가 요구하는 여러 가지 사항들로 어려움이 있어 자서전 출간 문제를 교정기관을 통하여 해결할 수 있는 방안을 알고 싶어 이곳 담당직원을 면담 신청하였으나 ○○지역이 극심한 코로나 확진발생이 있던 시기라서 직원과의 접촉은 허용되지 않았다.

나는 궁여지책으로 전국의 교도소를 관리하는 교정본부에 서신으로 질의하여 재소자가 책을 낼 경우 교정기관의 도움을 받고 지금까지의 사례를 물었다.

2주 후 답변은 교정기관에서 재소자를 대리하여 할 수 있는 것이 없으니 가족을 통하여 하라는 것이었다. 그러는 동안에 나의 수형생활은 감기, 몸살 등으로 지치고 시력이 흐려지는 어려운 상황이 되었다. 작년 ○○에서 이곳으로 온 지 3개월이 지나고 몸무게는 8㎏ 정도 빠졌다.

그동안에 원고를 쓴다고 신경을 쓴 것도 있지만 같은 방에서 생활하는 사람들 중에는 내가 하는 원고 집필을 못마땅하게 생각하고 사사건건으로 신경을 자극하는 징역의 유형이 있었다. 징역에서는 어느 곳에서도 있는 것이라 인내하여 잘 극복해야 한다.

4월 8일 형님에게 부탁한 원고 복사본이 도착하여 다시 한 번 수정 보완하는 작업을 해야 한다. 나는 감기 몸살을 털고 생기를 찾았다. 그리고 내가 수용된 사동 관리 주임님에게 작업 거취실 수용 신청을 하여 마침 코로나가 완화단계로 돌아서서 교도소 내 자체이감은 실행되어 4월 14일 나는 자리를 이동하였으며 4월 20일부터 지금까지 중단되었던 봉투 만들기 작업을 하게 되었다.

새로 만난 수형자들 속에 신입자로 화장실 앞에서 앉고 잠자는 자리는 교도소 시설 내 수용자들의 기본규칙이다. 낮에는 작업을 하고 토, 일요일에는 원고 작업을 하고 싶지만 화장실 앞에서는 곤란하다. 수형자가 빠져나가고 새로 들어오면 자리이동이 생겨서 기회를 가질 수 있으나 요놈에 코로나가 끝이 나지 않아서 이동이 없었다.

5월 둘째 주에 만기 출소하는 사람이 생겨서 나는 절호의 기회라고 생각하고 방 사람들에게 사정을 말하여 5월 말까지 양보를 구하여 나의 처지를 이해하여 마침 구석자리로 글을 쓰기에는 좋은 곳으로 열심히 쓰고 있다.

며칠 전에는 하반기 직훈 모집이 있어 나는 ○○교도소 직훈을 신청하고 6월 말 발표를 기다리며 봉투 만들기에 몰두하고 있다. 재소자의 수형생활도 환경에 따라 생각할 여건이 되고 정신없이 현실에 부딪혀 아무 생각할 시간 없이 지내야 되는 때가 있다.

어젯밤에는 비가 내려서 비닐 처마에 떨어지는 빗소리를 들으며 나의 잘못으로 피해자가 된 사람들을 생각하여 참회하는 마음으로 나의 고통을 감수하고 앞으로 시간이 주어지는 대로 좋은 일을 하며 조금이라도 피해자들에게 사죄하는 사람이 될 것이다.

나는 잠자리에 누워 형기를 마치고 아내와 딸의 납골당을 찾아가고, 부모님 산소, 장인장모의 산소를 다녀오고 나면 어디로 가야 되나 하는 생각이 들었다.

날이 밝아오는 시간까지 나는 갈 곳이 없었다. 앞으로 남은 기간까지 수형생활 하면서 반성하는 자세로 살아가는 것만이 최선이 될 것으로 생각하고 노력하겠다.

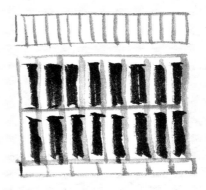

어느 늙은 수형자의 인생

심말수 지음

발행처·도서출판 **청어**
발행인·이영철
영　업·이동호
홍　보·천성래
기　획·남기환
편　집·방세화
디자인·이수빈 | 김영은
제작이사·공병한
인　쇄·두리터

등　록·1999년 5월 3일
(제321-3210000251001999000063호)

1판 1쇄 발행·2020년 10월 30일

주소·서울특별시 서초구 남부순환로364길 8-15 동일빌딩 2층
대표전화·02-586-0477
팩시밀리·0303-0942-0478
홈페이지·www.chungeobook.com
E-mail·ppi20@hanmail.net
ISBN·979-11-5860-896-5(03810)

이 도서의 국립중앙도서관 출판시도서목록(CIP)은 서지정보유통지원시스템 홈페이지
(http://seoji.nl.go.kr)와 국가자료공동목록시스템(http://www.nl.go.kr/kolisnet)에서 이용
하실 수 있습니다.(CIP제어번호: CIP2020042339)